우주의 별일

우주의 별일

이지아 장편소설

미래인

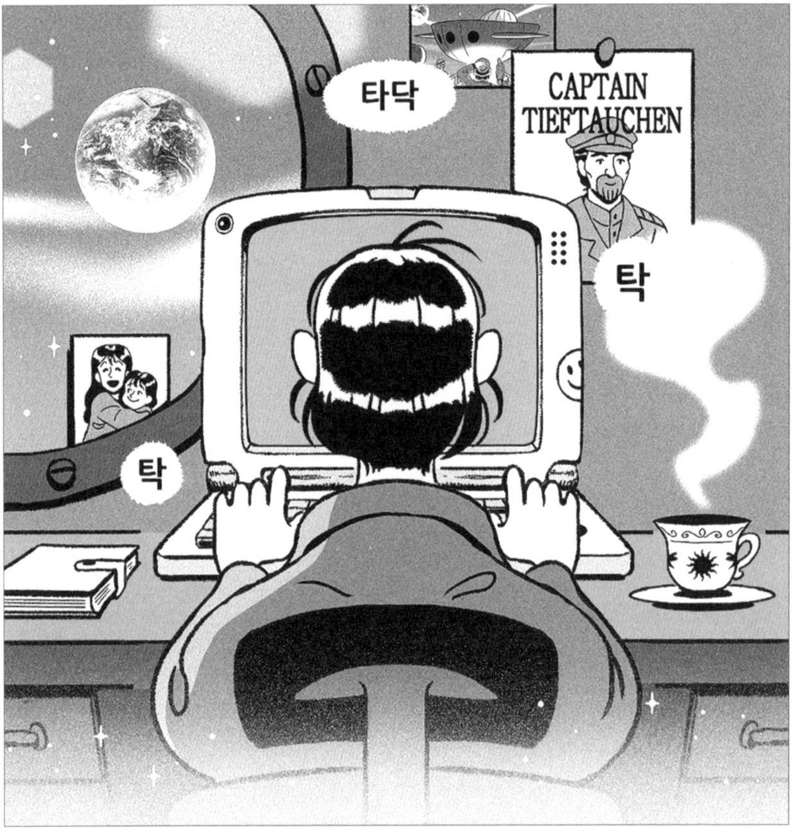

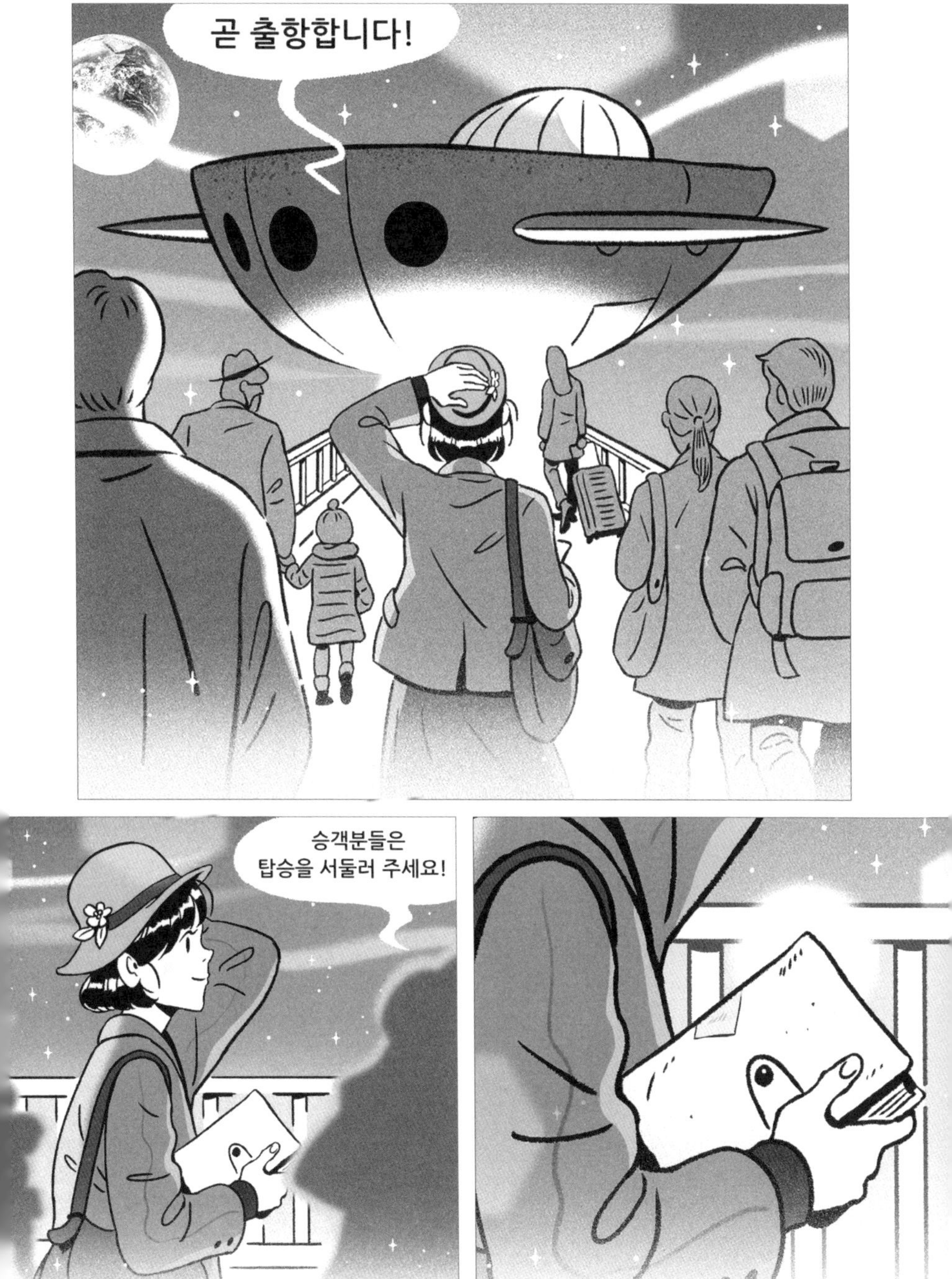

차례

돈키호테의 분실물　9
로트해트

　　　세 번째 부표에 감춰 둔 미세스 킴의 비밀　43
　　　기요메

희귀 눈꽃 슈니블뤼테　59
로트해트

　　　포보스이냐 데이모스팀이냐! 태양계 리그 대소동　71
　　　기요메

봉봉 스튜디오행 여객선에서 만난 갑판 청소부　83
로트해트

　　　천재 우주선 그라피티스트의 마지막 알바　119
　　　기요메

우주 터미널에서 길을 잃으면　139
로트해트

　　　새 포스팅을 예약하시겠습니까?　157
　　　기요메

작가의 말　171

돈키호테의 분실물

로트해트

블로그를 처음 방문해 준 여러분에게 환영의 인사를 전한다! 먼저 나와 내 블로그에 관해 전혀 모르고 찾아온 독자 여러분들을 위해서 얼마 전 〈타이탄일보〉에 실렸던 기사를 인용해 소개를 대신하겠다. 이 기사가 지금까지 다룬 것들 가운데 가장 일목요연하고 내 마지막 포스팅의 서두에 덧붙이기에 제법 괜찮은 글이라는 생각이 들었기 때문이다. 기사를 작성해 준 기자님에게 이 자리를 빌려 심심한 감사의 인사를 전한다.

〈타이탄일보〉
'우주여행 블로거 로트해트, 후임자 찾아'

당신이 우주여행을 준비하기 위해 온라인에 접속해 봤다면, 닉네임 '로트해트'를 적어도 한 번 이상 들어 봤을 것이다. 그녀는 어릴 때부터 우주선 탑승기를 남긴 블로거로, 지금은 어마어마한 구독자를 거느린 파워 블로거이자 태양계 10위 안에 드는 인플루언서가 되었다.

그녀의 탑승기는 형식의 구애 없이 자유로운 편이다. 하지만 대체로 승선했던 우주선의 종류와 내외부의 시설, 항로와 승무원들에 관한 기본 정보를 작성한 뒤 오로지 그녀만이 잡아낼 수 있는 요소들을 덧붙이는 식으로 기록을 남겨 왔다. 그녀가 후기를 남겼던 우주선의 종류는 여객선, 화물선, 어선 등 천차만별이었다. 그중 구 우주 100년 사의 가장 위대한 함장 티프타우헨*이 몸을 실었던 우주선들에 각별한 애정을 가졌던 것으로 추정된다.

그녀의 존재와 블로그는 타이탄일보에 '올해의 주목받는 파워 블로그'로 소개되면서부터 본격적으로 알려지기 시작했다. 백여 편에 이르는 탑승기는 우주 사적 사료로 가치도 인정받고 있다.

---

* 티프타우헨(Tief tauchen)은 '깊이 잠수하다'라는 뜻의 독일어.

경제적 측면에서도 그녀는 영향력을 발휘했다. 운영난에 처해 있던 어느 오래된 시골 우주선의 탑승권이 매진되는가 하면, 그녀가 다녀간 우주선들이 연대하여 만든 '로트해트 로드'라는 여행 상품도 유행했다. 태양계 수많은 우주 여행객의 활동 영역이 단시간에 놀라우리만치 넓어진 것이다.

그러다 보니 그녀가 다음번에 과연 어떤 우주선에 탑승할 것인가에 점점 많은 팔로워와 미디어의 귀추가 주목되는 건 당연한 일이었다. 게다가 바로 이 시점에 그녀가 돌연 마지막 포스팅을 예고하며 후임자를 찾는다는 글을 내건 것이다!

과연 누가 우주여행 블로그의 후임자가 될지, 그녀가 마지막 탑승기에서 어떤 이야기를 우리에게 들려줄지 숨 막히게 궁금하다. 무엇보다 여태껏 그녀의 정체가 밝혀지지 않은 것도 우주 미스터리 중 하나라고 할 수 있겠다. 변장에 능하다는 말도 있고 선장이나 승무원일 거라는 소문, 수리공이거나 청소부일지 모른다는 설도 있는데……. (이하 생략)

오랜 시간 변치 않는 관심과 사랑을 준 독자들에게 이루 말할 수 없이 고맙다. 그리고 후임자를 찾는다는 공지가 나가고 받은 어마어마한 양의 지원서에도! 나는 그 모든 문서를 하나하나 꼼꼼히 훑어봤다. 동시에 나만의 방식으로도 열심히 물색했다. 그리고 이에 앞서 나는 다섯 가지 기준을 세웠다.

- ✓ 첫째, 기록하는 사람. 이왕이면 다정한 순간을. 왜냐하면 그런 순간은 충분히 기억될 만한 가치가 있으니까.
- ✓ 둘째, 욕심도 호기심도 적당해서 엄한 길로 새지 않을 사람.
- ✓ 셋째, 내로는 좀 엉뚱 해서 쉬어 갈 순간을 만들어 주는 사람.
- ✓ 넷째, 블로그보다는 본인 인생과 주변 사람이 우선인 사람.
- ✓ 그리고 마지막으로, 내 일기장의 선택을 받는 사람.

글쎄, 기준이 워낙 주관적이라 굳이 여러분을 설득하고 하나하나 설명하려는 헛된 노력은 하지 않겠다. 실은 나조차도 이 기준들에 의심을 품어 왔다. 하지만 조금은 나 자신을 믿어 봐도 좋지 않을까?

나는 이번 101번째 포스팅에서 여러분에게 한 번도 들려준 적이 없는, 아끼고 아껴 온 세 척의 우주선 이야기를, 내 인생을 바꾼 우주선에 관한 이야기를 하려고 한다. 몸과 마음이 지쳐 잠시 그 자리에 앉아 쉬고 있는 당신. 비록 다른 공간에 있지만 내 여행 동반자로서 늘 함께한 당신. 새로운 여행 파트너와의 여정을 시작하기 전, 나와의 마지막을 지금까지 그랬듯 당신만의 방법으로 신나게 즐겨 주길!

나는 흥분한 나머지 꼭두새벽부터 일어나 삼촌의 화훼선에서 몰래 따 온 노란 미나리아재비 한 묶음을 자주색 펠트 모자에 꽂고 초록색 외투를 꺼내 입었다. 이 차림은 나를 오늘 승선하게 될 우주선과 누구보다도 잘 어울리는 승객으로 만들어 줄 터였다. 이어서 나는 탑승권과 여권, 신문 한 부와 티프타우헨의 전기 한 권, 그리고 나의 노란 가죽 일기장을 챙겼다. 상비약과 간식도 빠트릴 수 없었다.

이번에 오른 우주 상선은 함장 티프타우헨이 초기에 키를 잡았던 함선으로 당시의 이름은 '로즈호'였다. 이 우주선은 당시 유행했던 계란형이나 Y형 모양의 함선들과는 달리 과거 지구의 바다를 누비던 배를 본떠 만들어졌다. 외판도 유별나게 갈색에 가까운 붉은빛으로 색이 입혀졌다. 그러나 붉은색이 그날 우주 해적의 공격을 불러왔다는 소문 때문에 복원된 후에는 초록색으로 덧입혀져 '그린로즈호'라는 새 이름을 갖게 되었다. 그렇게 옛 함선의 고풍적인 모습을 그리워하는 여행객을 위한 우주 민박선으로 변모한 것이다.

종종 한 척의 우주선을 연인처럼 여기고 평생을 함께하는 함장들을 볼 수 있다. 그러나 티프타우헨은 70년에 가까운 우주 항해 인생에서 총 열두 척에 이르는 우주선을 이끌었으며, 로즈호는 그의 마지막 우주선이었다. 마치 높은 산들의 정상을 점령하려는 산악인처럼 다양한 우주선을 즐겼던 것이다. 로즈호를 타고 중요한 새 항로들을 발견하고, 조난당한 수백 명을 구하기도 했으며, 해적들과 전투를 치르기도 했다. 그 유명한 '혜성 계곡의 전투'는 여러 우주선에서 경험을 쌓았기에 가능했다고 봐도 과언이 아니다.

그러나 안타깝게도 그가 은퇴하고 로즈호 또한 같은 운명을 맞았다. 그는 각별히 아끼던 이 함선을 수하에 있던 일등 항해사와 이등 항해사에게 물려주었다. 그러니까 일등 항해사가 그의 뒤를 이어 함상이 되있고, 그보다 나이가 어린 이등 항해사는 부함장이 된 것이다. 그들이 티프타우헨만 못했던 것인지 아니면 그저 운이 따라 주지 않은 탓인지, 함선은 새로운 함장이 조타기 앞에 선 지 10년이 되어 갈 무렵 해적의 공격을 받게 되고, 새 함장도 그 과정에서 목숨을 잃고 말았다. (이 이야기는 뒤에서 자세히 하도록 하겠다.)

그러한 연고로 100년 만에 다시 우주를 항해하게 된 '그린로즈호'의 공식 웹사이트에는 그들의 고전적인 선내 구조를 어필하는 사진보다도 더 작게 티프타우헨의 사진이 다음과 같은 문구와 함께 한쪽 구석에 초라하게 걸렸다.

'티프타우헨이 구 우주기 OOO~OOO년까지 키를 잡았던 함선'

그러나 실망하기에는 이르다. 선내에는 그에 관한 홀로그램 안내와 보존된 자료들이 기대 이상으로 풍성하기 때문이다! 비록 넓은 면적이 아니라 산발적으로 전시 구역이 흩어져 있는 식이긴 해도 말이다.

그린로즈호의 이번 항로는 화성에서 출발해 토성을 거쳐 돌아오는 여정으로, 중간에 지나게 될 토성의 고리가 관광 포인트다. 1년에 단 두 번만 운행하는 것으로 보아 우주선의 연식을 고려해 안전을 기하는 것으로 보인다. 보통 사람들이 '티프타우헨' 했을 때 떠올리는 저 웅장한 함선들이 아닌 이 작은 우주선에 맨 처음 오르기로 한 것은 별다른 이유가 있어서가 아니라 그저 개인적인 취향 때문이었다.

여하튼 이런 공식적인 지지가 더해져 나는 더욱 못 말리는 '낭만주의 함선 중독자'가 됐다. 더 예스럽고 많은 이야기가 담긴 우주선을 찾아 나서기 시작한 것이다. 말하자면 거기엔 독자 여러분, 바로 당신의 책임도 있다는 말이다. 사실 블로그를 시작하기 전의 나는 겁쟁이었다. 아니, 지금도 지독한 겁쟁이다. 이런 고집스런 취향이 없었다면 나는 애초에 우주를 누비는 우주선에 내 몸을 함부로 맡기지도 않았을 것이다.

다시 그린로즈호 얘기로 돌아가자. 이 민박선만큼 여러 가지 복합적인 이야기를 지닌 우주선이 또 있을까? 티프타우헨과 그의 일등, 이등 항해사에 얽힌 이야기 말고도 복원된 그린로즈호에는 한때 유령이 있다는 소문이 나돌았다. 그 때문인지 여행 철임에도 불구하고 탑승객이 예상만큼 많아 보이지 않았다. 소문이란 것은 여타 다른 함선들에서 떠도는 허황된 소문과 별다를 바 없다. 30년 전 해적단의 공격에 안타깝게 목숨을 잃은 승무원과 승객들의 유령이 밤마다 흐느낀다느니, 함장이 복도를 누빈

다니니 하는 소문이었다. 적어도 그중 하나는 엇비슷하게 맞아떨어졌다는 오싹한 진실을 여러분은 이어질 이야기에서 확인할 수 있을 것이다!

난 우주선에 오르자마자 유령이 아닌 나무를 깎아 만든 장밋빛 난간들과 복도의 천장 장식에 사로잡히고 말았다. 우주가 내다보이는 동그란 창틀도 튼튼한 금속 소재 위에 나무를 덧씌워 고풍스러운 분위기를 자아내고 있었고 바닥에 깔린 붉은색 벨벳 카펫은 체감 온도를 높여 주었다. 객실 칸과 홀을 잇는 복도의 천장은 아치형이었는데, 20미터쯤 되어 보이는 긴 조각이 있었다. 거기에는 양각으로 새겨진 그물 안에 통통하게 살이 오른 물고기들과 이름 모를 바다 식물, 그리고 진주를 입에 문 조개들이 넘칠 듯 담겨 있었다. 그것들은 마치 건드리면 꿈틀거릴 것만 같은 느낌이 들었다. 섬세하다는 표현에 시옷을 하나씩 더 붙이더라도 그 정교한 조각을 수식하기에 역부족이었다. 그러나 조각 장식은 그물을 끌어 올리는 어부의 손 모양에 이르러 뚝 끊기고 말았다. 그 부분부터는 그날의 전투로 훼손된 것을 복원하지 않았기 때문이었다. 이 어마어마한 바다의 보물을 길어 올리는 행운의 주인공은 대체 누구였을까. 상상하는 맛이 있어 아쉽게만 여겨지지는 않았다.

한참 고개를 들고 다녔더니 목이 뻐근해지고 잠이 몰려왔다. 여태 손에 짐 가방을 들고 있는 줄도 몰랐다. 느지막이 배정된

방에 들어가 짐을 풀고 코트와 모자를 옷걸이에 걸었다. 램프 옆 작은 은쟁반 위에 웰컴 디저트가 놓여 있었다. 금박지에 곱게 싸여 있는 동그란 초콜릿들과 초록빛의 화성 과일 규라였다. 뭐부터 먹어야 좋을까 잠시 고민하다가 초콜릿을 하나 집어 들어 입에 물고는 옆에 비치된 수첩형 태블릿을 열었다. 재생 버튼을 누르자 화면에 대피 안내 홀로그램이 떴다. 중요 사항이니만큼 눈여겨보려고 했다. 하지만 1분도 채 지나지 않아 눈꺼풀이 감겨오기 시작했다.
　잘 준비를 하려고 태블릿을 덮으려던 찰나, 나지막한 내레이션과 함께 그린로즈호에 얽힌 티프타우헨 함장의 이야기가 흘러나오기 시작했다! 다시 태블릿을 보니 홀로그램이 선상 내 그의 흔적이 남아 있거나 복원된 공간들을 붉은 구역으로 표시하고 있었다. 그것은 내가 어릴 적 책에서나 보던 빨간 X표가 그어진 보물 지도처럼 보였다. '내일 눈을 뜨자마자 이곳들을 찾아가 봐야겠어.'

　그러나 정작 나는 눈을 뜨자마자 조식을 먹기 위해 식당 칸으로 향했다. 대체로 가치 있는 것을 마주하기 전에는 뱃속부터 든든히 해야 하는 법이니까. 마침 그린로즈호는 화성의 위성 포보스에 도착해 두 번째 승객을 맞이하고 있었다. 나는 식어 가는 커피를 마시며 창 너머로 보이는 어느 독특한 남자 탑승객을 유심히 봤다. 아니, 딱히 보려고 했다기보다는 그 남자가 주변의 이목을 끄는 인상착의를 하고 있었다. 샛노란 색깔의 털모자 밑으로 푹 파인 눈이 보일 듯 말 듯 그림자에 덮여 있었고 하얗게 센 머리칼은 빗자루처럼 사방으로 뻗쳤다. 축 처진 어깨에는 한때 푸른색으로 윤기 있게 빛났을 코트를 걸치고 있었는데 길이가 어찌나 긴지 바닥에 질질 끌렸다. 발을 옮기는 데도 시간이 한참 걸리는 듯 보였다. 소매 밑으로 보이는 앙상한 손에는 전 우주에 체인점을 차린 세탁업체 '세탁왕' 로고가 찍힌 비닐 봉투가 들려 있었다. 봉지의 로고 때문인지 몰라도 그의 몰골은 마치 자기 별에서 추방당한 왕 같은 모습이었다.

누가 보아도 영락없는 우주 방랑자 같은 모습에 검표원이 그를 탑승시키지 않을 거로 생각했다. 그러나 검표원은 그의 신분증을 형식적으로 보는 시늉을 하더니 그냥 들여보내는 게 아닌가. 내가 마지막 커피 한 모금을 넘길 무렵 그 남자도 짐 가방을 든 채 식당 칸으로 들어왔다.

그가 식판을 들고 대열에 끼자 주변에 보이지 않는 동그란 원이라도 생긴 듯 사람들이 그와 일정한 거리를 두었다. 온갖 유별난 캐릭터가 넘쳐 나는 우주 시대지만 사람들은 여전히 패배자의 냄새를 풍기는 사람을 멀리했다. 그러나 나는 2미터쯤 떨어져 앉은 그에게서 패배자의 냄새 대신 바다 향 비슷한 것을 맡았다. 그는 체구에서 기인했는지는 모르겠으나 느리고 조용한 사람이었으며, 그런 이들이 갖고 있는 (이 또한 나의 편견일지도 모르겠으나) 세상과 자신을 갈라놓은 눈빛을 하고 있지는 않았다.

오히려 무언가를 찾는 듯했다.

　이야기가 엉뚱한 곳으로 샜다. 내게는 그 묘한 탑승객을 관찰하는 일보다 이 초록빛 우주선에 감춰져 있을 티프타우헨의 흔적을 살펴보는 일이 급선무였다. 자리를 털고 일어나 홀로그램이 보여 주는 붉은 구역을 향해 걸었다. 그러면서 나는 삼촌이 들려주었던 티프타우헨 함장과 우주 해적 이야기를 떠올렸다.

티프타우헨의 두 항해사

　티프타우헨 밑에는 유능한 두 항해사가 있었다. 그는 2년 전에 승선한 일등 항해사 '몬트'에게 우주선을 위임했고 이등 항해사였던 '퀸틴'에게는 몬트 함장을 잘 보필할 것을 부탁했다. 그리고 자리에서 물러난 뒤 우주의 별이 되었다. 몬트 함장과 퀸틴 부함장. 둘은 고양이와 개처럼, 오이와 토마토처럼 성향과 외향이 많이 달랐다고 전해진다. 퀸틴 부함장의 제복을 재단하기 위해 몬트 함장의 제복에 든 원단보다 약 2미터나 더 필요했다고 하니 덩치가 어느 정도 차이가 났는지 얼추 감이 왔다. 이렇게 덩치에 있어서 부함장 쪽이 더 함장스러운 위엄을 풍겼기 때문에 많은 사람이 퀸틴을 함장으로 착각하고서 먼저 인사를 올렸다.

　"허허. 이 친구들 자네가 함장인 줄 아나 본데." 하고 몬트 함장이 퀸틴 부함장의 등을 툭 쳤다. 퀸틴 부함장은 그것을 바로잡기는커녕 고개를 들고 흐뭇하다는 듯이 웃었다. 그것은 분명 겸손한 태도는 아니었다. 일각에선 이 둘의 호흡이 오래가지 못할 거라는 소문이 돌았다. 그러나 10년에 이르는 시간을 함께하며 배려와 존중으로 서로의 자리에 충실했던 그들은 좋은 동료가 되었다.

이들의 항해 인생은 한동안 순탄한 듯 보였다. 그들은 선임 티프타우헨 못지않게 중요한 항로를 많이 개척했고 주어진 임무들도 모두 완벽히 수행했다. 그리고 해적이 별의 수만큼이나 증가했던 암흑기가 오자 예외 없이 해적의 공격으로 우주 한가운데 발이 묶여 버린 사람들을 구조하는 임무를 맡게 되었다.

그러던 중 연락이 두절된 여객선의 상황을 살피기 위해 출항한 정찰선으로부터 구조 요청이 온 상황이었다. 도착해 보니 심각한 타격을 입은 우주 여객선과 정찰선이 거대한 우주 쓰레기들 사이에 고립되어 있었다. 로즈호가 구조를 위해 다가가자 승객들의 귀중품들과 값나가는 우주선의 부품을 털고서 사라진 줄로 알았던 해적선들이 다시 나타나 주위를 순식간에 에워쌌다. 미끼로 작은 물고기를 잡고, 그 작은 물고기를 다시 미끼 삼아 큰 물고기를 잡는 식으로 해적들은 대범하게 몬트 함장의 우주선을 포획한 것이었다.

몬트 함장은 좌현을 바깥쪽으로 돌려 두 우주선을 감싸 방어 태세를 취한 뒤에 우현에서 구조선을 내려 사람들을 구조하도록 했다. 그러는 동안 수십 척에 이르는 해적선의 작은 배들이 시시각각 다가오며 로즈호의 숨통을 조여 왔다. 지원 요청을 보내 놓은 상황이었으나 그들이 도착할 때까지 시간을 벌어야만 했다. 적들은 거침없이 공격을 감행했다. 후방에서 다가온 해적선들은 큰 먹이가 걸려들자 미끼를 다시 거두어들이고 있었다. 엔진이 꺼진 여객선과 정찰선을 갈고리로 붙들어 자신들 쪽으로 끌어당기기 시작한 것이다.

일분일초가 시급했다. 승객들이 해적의 손에 들어가는 것만은 막아야 했다. 몬트 함장은 이미 투입할 수 있는 모든 인원을 공격과 구조를 위해 내보냈다. 잠깐 동안 돌아가는 상황을 지켜보던 그는 한 척의 우주선만 더 동원된다면 남은 사람을 모두 탈출시킬 수 있을 것 같다고 판단했다. 그는 그 임무를 퀸틴 부함장에게 맡기려 왼쪽에 서 있던 그를 바라보았다. 그러나 언제나 용맹스럽던 부함장의 눈은 두려움으로 흔들리고 있었다. 벌떼 같은 해적선들의 맹렬한 공격에 그만 기가 눌려 버리고 만 것이었다. 몬트 함장은 훈련을 함께할 때 그의 조준 실력이 월등했던 것을 떠올렸다. 그러고는 부함장에게 자신을 엄호해 줄 것을 부탁하고서 직접 구조선에 올라타 고립된 우주 여객선과 정찰선으로 향했다.

그가 난파선에 남아 있던 승객들을 마저 태우고 로즈호로 돌아올 때였다. 밀어붙이던 적들도 신속하고 빈틈없는 로즈호의 대응에 기세가 꺾이는 듯 보였다. 가난한 해적들은 포를 아끼기 위해 공격을 줄여 가며, 처음에 잡아 둔 두 척의 우주선이라도 회수해야겠다는 심산으로 여객선과 정찰선을 계속 끌어당겼다. 몬트 함장은 혹시라도 자신이 발견하지 못한 사람이 있을지 모른다는 생각에 다시 구조선을 돌려 우주선으로 다가갔다.

"몬트 함장, 돌아오게! 그곳에는 생명이 감지되지 않아!"

적외선 스캐너로 생존자 여부를 확인한 퀸틴 부함장이 외쳤다. 그러나 안타깝게도 몬트 함장은 듣지 못했다. 주변에 먼지처럼 부유하는 쓰레기들 때문에 통신이 원활하지 않았기 때문이다. 퀸틴 부함장은 발사기 앞에 앉아 타들어 가는 심정으로 적의 기미를 살폈다.

마침 해적들은 조금 전부터 자신들의 먹이 주위를 알짱거리는 날파리를 귀찮게 여기고 있던 참이었다. 그리고 망설임 없이 구조선을 향해 포를 발사했다. 퀸틴 부함장이 뛰어난 조준 실력으로 몬트 함장을 겨눈 해적단의 함포를 하나 격추시켰다. 그러나 이어서 발사된 포 하나가 교묘하게 몬트 함장의 구조선을 산산조각 내고 말았다.

곧이어 가까운 행성에서 보낸 중형 함선 두 척이 도착했다. 그러자 빠르게 상황을 파악한 해적들은 뒤도 돌아보지 않고 달아났다. 그러는 동안 퀸틴 부함장은 복귀한 구조선 중 한 척에 올라타 여객선과 정찰선 사이를 부유하던 몬트 함장의 차가운 몸을 거두었다.

해적의 손에 넘어간 사람은 한 명도 없었지만 치열한 공방전으로 인해 쉰 명에 이르는 사상자가 발생했다. 또한 로즈 호는 당시의 기술로는 복구가 불가능할 정도의 큰 손상을 입었으며 퀸틴 부함장은 모든 일을 마무리 지은 다음 종적을 감추었다. 그가 마지막으로 발견된 것은 몬트 함장의 장례 행렬이었다고 알려졌다.

"요나야, 사람들은 두 사람의 용기를 비교하려고 이 이야기를 꺼내. 하지만 어느 누가 생사가 걸린 상황에서 그들의 용기를 함부로 비교할 수 있겠니? 이야기는 조금 더 멀리서 봐야 해. 그럼 이 세상에 다른 이의 목숨을 빼앗기 위해 포탄을 던지는 사람들이 있지만 그로부터 생명을 구하기 위해 뛰어드는 사람들도 있다는 걸 알 수 있게 되지."

삼촌은 이야기 끝에 나의 본명을 부르며 말을 덧붙였다.

이야기를 떠올리며 걸으니 어느새 조타실 앞에 서 있었다. 그곳에는 항해사들과 조타수로 추정되는 사람에 둘러싸여 지도를 보며 항로를 살피는 티프타우헨의 모습이 홀로그램으로 재연되었다. 보존된 영상 자료의 길이가 짧았는지 같은 동작이 계속 반복되었다. 나는 그 장면에 무슨 수수께끼라도 있을까 싶어서 그들의 시선이 가리키는 방향을 쳐다보기도 하고 그들이 들고 있는 지도를 같이 들여다보기도 했다. 하지만 건진 것은 없었다. 영상은 그저 영상일 뿐이었다.

헛헛한 마음에 다른 방을 보기 위해 자리를 옮길 때였다. 갑자기 조명이 꺼졌다. 취침 시간까지는 아직 한참 남아 있었다. '정전인가?' 창밖에서 들어오는 별빛만이 복도의 바닥에 하얀 구멍 같은 빛 그림자를 남기고 있었다. 난방 장치마저 꺼졌는지 공기가 서늘했다. '재정 상태가 어렵다고 했으니까 운영비를 아끼려는 걸지도 몰라.' 심각하게 생각지 않으려고 애쓰면서 함장의 침실을 마저 보려고 몸을 돌렸다. 복도 쪽에서 '짤랑짤랑' 하는 소리가 들려왔다. 처음에는 트라이앵글을 두드리는 것처럼 작게 들렸지만, 곧 사슬이 부딪히는 소리처럼 커졌다. 나는 그런 소리를 내는 물건을 가지고 이쪽으로 걸어오고 있을 사람이 아침에 본 방랑자 승객일지도 모른다고 추측했다. 그리고 이런 상황에서 그와 마주친다면 유령만큼 혹은 그것보다 훨씬 더 섬뜩할 것 같았다. 그날 밤 나는 식은땀이 흐르는 걸 느끼면서 빠른 걸음으로 객실에 돌아와야 했다.

그린로즈호에 승선한 지 사흘째. 객실 밖이 소란스러워 내다보니, 기관사 몇이 땀을 뻘뻘 흘리며 전선을 만지고 있었다. 전날의 정전 때문인 듯했다. 그때 한쪽 모퉁이에서 방랑자 영감이 나타나 슬금슬금 그들을 향해 다가가는 것이 보였다. 나는 기관사들에게 도망치라고 외쳐야 하나 말아야 하나 망설였다. 하지만 기관사들은 놀라는 기색 없이 영감에게 인사를 하더니 그가 하는 말을 경청했다. 그리고 그가 지시하는 대로 전선을 손보더니 도로 제자리에 꽂았다. 기관사들이 활짝 웃으며 그에게 꾸벅 인사를 하는 것을 보니 문제가 잘 해결된 모양이었다. 우연히 수건으로 땀을 닦으며 돌아가는 정비공 한 명과 같은 엘리베이터를 타게 된 나는 어색한 분위기도 깰 겸 그 영감에 관하여 넌지시 물었다.

"아, 돈키호테 씨요? 저래 보여도 아는 것도 많고 손재주가 굉장한 분이에요. 우주선이 복원된 후 첫 출항 때부터 동승했는데, 사사건건 우주선 관리에 참견하셔서 처음엔 이만저만 귀찮은 게 아니었죠. 오죽했으면 신고를 해서 강제로 내보내려고 했다니까요. 하지만 잔고장이 생길 때마다 바람처럼 나타나 척척 고쳐 주시니 지금은 이 우주선의 공식 순찰관으로 아주 귀하게 모시고 있는 거지요. 작업실엔 그의 침실도 하나 마련되어 있답니다."

침실 얘기가 나오자 어제 급하게 방으로 돌아오는 바람에 티프타우헨 함장의 침실을 구경하지 못했다는 게 생각났다.

나는 식당 칸에서 가볍게 빵과 커피로 배를 채운 뒤, 복도를 지나 함장의 침실로 향했다. 그곳은 옛것이 어느 하나 남아 있지 않고, 그때의 것과 비슷하게 생긴 요즘 가구들로 허술하게 모방되어 있었다. 붙박이 된 작은 탁상, 침대, 나의 키만 한 장롱 하나가 전부였다. 뭔가 놓치는 건 없을까 싶어서 바닥, 천장, 문 등을 꼼꼼히 봤다. 벽도 손으로 쓸어 보았다. 그러다 세로로 길게 돌출된 용접선 근처에서 작은 눈사람 모양의 구멍을 발견했다. 분명 용도가 있을 것 같은데……. 머리를 아무리 굴려 봐도 알 수가 없었다. 나는 포기하고 방을 나왔다.

 함장의 침실을 나와 떠나려고 할 때였다. 2미터쯤 떨어져 있던 방문에 또 다른 홀로그램 재연 버튼이 깜빡이는 것이 보였다. 태블릿에도 표시가 안 되어 있는 구간이었다! 나는 보물이라도 발견한 아이처럼 두근대는 가슴을 붙들고 조심스럽게 재생 단추를 눌렀다. 그러자 티프타우헨이 두 항해사들에게 함장과 부함장 작위를 수여하는 위임식이 재연되었다. 그 방은 공식적인 행사를 위한 일종의 간이 공간인 모양이었다. 영상이 아니라 사진 자료만 남아 있었는지 화면은 어떤 움직임도 없었다. 그러나 나는 단번에 전설적인 두 항해사를 알아봤다. 몬트 피셔와 퀸틴 델가도. 그들은 한껏 부푼 가슴으로 티프타우헨으로부터 기다란 함을 건네받고 있었다.

 내가 막 홀로그램 안으로 손을 뻗어 티프타우헨의 함을 넘겨받는 시늉을 해 보려고 할 때였다. 어제처럼 등이 전부 꺼져 사방이 깜깜해졌다. '정전 문제가 여전히 해결이 되지 않은 모양인데. 이 부분에 대해선 후기에 꼭 남겨야겠어!'

별빛에 의지해 출구를 찾아 방을 나왔다. 인기척이 느껴져 돌아본 함장의 침실에서 검은 그림자가 움직이는 것이 보였다. 그네 평 남짓한 조그만 방에 누군가가 있었다면 내가 못 보았을 리가 없었다! 그 순간 그림자는 내 쪽으로 천천히 걸어왔다. 그림자가 움직이자 어젯밤 들었던 짤랑거리는 소리가 울렸다. 나는 가위가 눌렸을 때 어떻게든 깨어나려고 애쓰는 사람처럼 있는 힘을 다해 머릿속에 떠오르는 이름을 밖으로 내뱉었다.

"돈, 돈키호테 씨?"

동그란 창문에 들어온 별빛에 그림자가 다가서자 방랑자 영감의 윤곽이 점점 모습을 드러냈다. 그 모습은 마치 유령처럼 보였다. 나는 예의 그 유령 소문이 돈키호테 씨 때문에 생겨난 것이라고 확신했다.

"내 이름은 대체 어디서 주워들은 거요? 가만 보니 어제부터 이 구역을 기웃거리던 분이로군."

뜻밖에 산 사람의 체온이 담긴 목소리가 들려오자 나는 안도의 숨을 내쉬며 그렇다고 대답했다.

"옛이야기에 관심이 많은 모양이오. 여길 찾아오는 사람은 드문데."

그가 몸을 내게 기울였다가 다시 일으키자 바싹 마른 외투에서 버스럭거리는 소리가 나며 먼지가 떨어졌다. 그를 똑바로 쳐다보기가 왠지 겁이 나서 고개를 숙이자 허리춤에 걸려 있는 녹이 슨 금속 막대기 두 개가 보였다. 한쪽 끝은 동그랗고 다른 한쪽 끝은 톱니 같은 모양을 하고 있었다. 톱니의 결을 자세히 보지는 못했지만 막대기들은 거의 똑같아 보였다.

"이게 신기한 모양이지? 하긴 나도 처음엔 이게 뭐에 쓰는 물건인지도 몰랐지. 이건 '열쇠'라고 부르는 옛 지구의 물건이오. 내 이니셜도 새겨져 있지."

나는 그것이 지구의 물건이라는 것에 잠깐 솔깃했지만 그가 어떻게 빈방에서 나온 건지가 더욱 궁금했다. 돈키호테 씨는 독심술이라도 부렸는지 잠시 침묵하다가 말을 이었다.

"자, 따라오시오. 이걸 어떻게 쓰는지 보여 주지. 나는 말하자면…… 순찰을 돌던 중이었거든."

'아니요! 괜찮은데…….' 하는 말이 목구멍까지 차올랐지만 나는 보이지 않는 사슬에 묶이기라도 한 듯 그를 따라 함장의 침실로 들어갔다. 그리고 돈키호테 씨는 자신의 이니셜이 새겨진 그 열쇠라는 물건을 내가 발견한 눈사람 모양의 구멍에 밀어 넣더니 왼쪽으로 두 번 돌렸다. 짤가닥. 벽으로 위장하고 있던 문이 모습을 드러냈다. 구멍 양편에 용접선인 줄로 알았던 경계는 알고 보니 문의 외곽선이었다. 누군가 꾸준히 기름칠을 해 주었는지 두꺼운 금속 문은 소리 없이 부드럽게 열렸다.

"함장은 이렇게 숨겨진 방을 좋아했지. 커다란 오페라 홀이 있는 그의 우주선 알지? 거기에도 똑같은 방이 하나 있다오."

나는 그가 도통 무슨 소리를 하는지 이해할 수가 없었다.

다음 날 아침 정신이 돌아왔을 때에야 그가 언급했던 함장이 티프타우헨일지 모른다는 생각이 들었다. 만일 그때 돈키호테 씨가 문안으로 따라 들어오라고 했다면 나는 그에게 혼쭐나더라도 사양했을 것이다. 문 너머에 뭐가 있을 줄 알고 함부로 따라 들어간단 말인가? 다행히 그는 내게 그것까지는 권하지 않고 도로 문을 닫았다.

"이 통로를 따라 내려가면 우주선 안에 있는 모든 방의 대화를 들을 수 있는 작은 격실이 나오지."

이런 것은 보통 기밀 아닌가? 나는 비밀을 듣는 것을 몹시 기피한다. 첫째는 호기심보다는 겁이 많은 사람이기 때문이고, 둘째는 모든 비밀에는 반드시 그만한 대가가 따르기 때문이다.

"오늘이 내 마지막 근무일이오. 이런 걸 누설한다고 징계받을 걱정도 더는 할 필요가 없는 거지."

그는 문에 손을 대고 한동안 그렇게 서 있는가 싶더니, 다른 손으로 내게 가 보라는 손짓을 했다. 나는 가볍게 목례를 하고 그곳을 빠져나왔다.

나는 수프가 입으로 들어가는지 코로 들어가는지 모른 채 떠먹으며 지난밤의 일을 떠올려 보았다. 어제가 마지막 근무일이라고 했지? 그럼 오늘 이 우주선에서 하선한다는 말인데……. 개인 이동선이라도 따로 있는 걸까? 그게 아니라면 오늘부터는 직원이 아닌 일반 승객으로 돌아가 우주선에 머문다는 말이었을까? 앞에 보이는 홀에는 사람들이 삼삼오오 모여들고 있었다. 오늘은 그린로즈호 여정의 하이라이트인 토성의 고리를 지나기로 한 날이었다. 폭이 7만 킬로미터에 달한다는 토성의 고리는 다갈색의 바코드를 늘인 것 같은 아름다운 무늬를 띠고 있다. 토성의 주위를 도는 위성들, 우주 먼지, 중력과 인력 등 제각기 다른 원인으로 만들어진 물질들이 그 눈부신 고리를 만들어 낸 것이다. 고리 중에서도 먼 옛날부터 이름이 붙은 '타이탄 미세 고리'에서는 내후년 우주 쾌속정 경주가 열릴 예정이다. 그때가 되면 경주를 보기 위한 관람객들로 그린로즈호의 탑승객도 부쩍 늘어날 터였다.

나는 티프타우헨의 흔적을 고대하고 탑승했기에 고리에 대해 큰 기대를 하지는 않았다. 하지만 '항로에 문제가 생겨 우회하게 되었으며 고리를 보여 드리지 못하게 되어 유감'이라는 방송이 나오자 솔직히 조금 유감스러웠다. 그러나 다른 승객들의 유감은 더더욱 커서 몇몇 욱하는 사람들이 뭉쳐 더욱 큰 보상을 요구하기 위해 담당자를 찾아 나섰다. 내 생각에도 무료 탑승권 증정 정도로는 이 아쉬움이 달래질 것 같지 않았다.

우주선이 다른 노선으로 갈아타는 느낌이 들더니 순식간에 전혀 다른 풍경이 창밖에 펼쳐졌다. 우주 쓰레기와 생명을 잃은 혜성 조각들이 둥둥 떠다니는 곳이었다. 눈여겨볼 것이라곤 전혀 없어 보였다. 나는 티프타우헨의 흔적도 모두 보았겠다, 도착 예정까지 남은 시간 동안 발길 닿는 대로 다른 칸들을 돌아다니기로 했다.

먼저 후미의 기관실로 향했다. 엔진실까지야 들어갈 수는 없겠지만, 보통 우주선의 심장부인 기관실로 가다 보면 핏줄처럼 많은 파이프가 그곳으로 모이는 것을 볼 수 있었다. 이렇게 선체에서 발견되는 인체와 유사한 요소들은 언제나 내 관심을 끌곤 했다. 밑 칸을 지나 우주로 뚫린 물류 배출구를 지날 때였다. 그 옆에 놓여 있는 커다란 폐기물 함 위에서 낯익은 물체가 반짝거리고 있었다. 그것은 어제 돈키호테 씨가 보여 준 열쇠 꾸러미였다. 가까이 다가가니 두 열쇠의 각 손잡이 부분에 양각으로 '친애하는 몬트에게', '친애하는 퀸틴에게'라는 글자가 새겨져 있었다. 왜 짐작도 못 했을까……. 손잡이 부분에 있던 D와 Q. 돈키호테의 약자인 줄 알았던 그 두 글자는 실은 불운했던 부함장 퀸틴 델가도의 약자 Q와 D였던 것이다!

그때 배출구 너머로 무언가 움직였다. 자세히 보기 위해 다가서니 푸른 제복을 입은 거구의 남자가 서 있었다. 우주 상선에서 제일 사고가 많이 발생하는 곳이 바로 이 투입구였다. 까딱하다간 우주로 내던져지기 십상이기 때문이다. 그걸 아는지 모르는지 거구의 남자는 들고 있는 봉투에서 금테가 둘린 동그랗고 각진 모자를 꺼내 머리에 푹 눌러 쓰고 우주를 향해서 차렷 자세로 섰다. 봉투에 인쇄된 '세탁왕' 로고가 별빛에 반사되어 눈에 들어왔다. 꼿꼿한 어깨, 바짝 깎은 머리칼이 낯설긴 했지만 그가 돈키호테 씨라는 것을 알 수 있었다. 돈키호테 씨는 초연한 모습으로 레버 쪽으로 손을 뻗었다. 우주로 몸을 던지려는 것 같았다. 나는 있는 힘껏 두꺼운 배출구의 문을 두드리며 그의 여러 이름을 외쳤다.

"저기요, 영감님! 돈키호테 씨! 아니, 퀸틴 부함장님!"

그는 잠시 놀란 듯 움찔거렸지만 그뿐이었다. 누구의 목소리도 듣지 않기로 작정한 사람처럼 의미심장한 자세로 앞만 바라보았다. 내가 여기서 발을 떼고 누군가를 찾으러 간다면, 시선을 잠시라도 돌리면 안 될 것 같았다.

어찌할 바를 모르고 쩔쩔매고 있을 때였다. 배출구 너머로 보이는 하늘에서 은색 실 같은 것이 사선으로 길게 지나가는 것이 보였다. 돈키호테 씨도 그것을 본 것 같았다. 내가 한참을 불러도 꿈쩍 않던 그는 갑자기 뒤를 돌아 엄청난 속도로 우주선 안으로 돌아와 위 칸으로 달려갔다. 나는 벌컥 열린 문에 하마터면 코가 깨질 뻔했다. 상갑판 쪽으로 뛰어가는 그를 따라잡으려 했지만 도저히 그럴 수가 없었다.

'제복에 모터라도 달렸나!'

내가 헉헉거리며 홀이 있는 곳까지 올라서자 사람들이 모두 그 기이한 은색 실 같은 우주 현상을 보기 위해 난간에 몰려들고 있었다. 나는 인파를 헤치며 돈키호테 씨를 찾았지만 그는 보이지 않았다. 밖에서는 끝이 안 보이는 은빛 포물선들이 점점 우리 쪽으로 다가오고 있었다. 몇몇 사람들은 토성의 고리 대신 이 수수께끼 같은 현상이라도 사진으로 담아 가야겠다는 생각인지 카메라 셔터를 눌러 댔다. 우회로에서 만난 예상 밖의 장관에 사람들은 환호했다.

그러나 그것도 잠시. 우리가 별똥별쯤 될 것이라고 착각했던 건 거대하고 서슬 퍼런 날이 달린 작살로, 해적선이 먹잇감을 잡기 위해 던진 것이었다. 그것들은 점점 큰 굉음을 내며 날아오더니 그린로즈호의 몸통을 꿰뚫었다. 금속이 갈라지며 우주선이 울부짖는 소리가 들렸다. 사람들은 처음엔 슬슬 뒷걸음을 치더니 곧 비명을 지르면서 사방으로 흩어졌다. 위급 상황이 발생했으니 화살표와 안내 요원의 지시에 따라 대피하라는 방송이 선내에 쩌렁쩌렁 울렸다. 급파된 승무원들은 두려움을 억누르며 방향을 잃고 달리는 사람들을 통제하기 위해 애썼다. 나 또한 이리 치이고 저리 치이며 승무원들이 가리키는 방향으로 달렸다.

지시에 따라 계단을 내려가고 있을 때, 포를 주고받는 소리가 몇 차례 들리는가 싶더니 선체가 30도 정도 기울었다. 그 바람에 나는 발치에 있던 아이와 함께 계단에서 떠밀려 소화기가 묶여 있는 복도 벽까지 나가떨어지고 말았다. 아이는 너무 놀란 나머지 울지도 않고 정면만 응시한 채 멍하니 머리를 부여잡고 앉아 있었다. 주변을 살펴봤지만 부모로 보이는 사람들은 없었다. 제대로 일어설 수가 없어 비틀거리며 벽을 짚자, 손끝으로 이틀 전 아침에 보았던 섬세한 그물 장식의 촉감이 느껴졌다. 복도가 기울어 천장의 장식이 내 손에 닿는 높이가 된 것이었다. 나는 기억을 되살려 선체의 어디쯤에 있는지를 가늠해 봤다.

'이 그물을 따라가다가 어부의 손이 나오는 데서 오른쪽으로 꺾으면 옛 함장의 침실이 나온다. 왼쪽이던가? 아니야 오른쪽이 맞아. 그리고 거기엔……'

바로 돈키호테 씨가 보여 줬던 숨겨진 격실이 있었다! 생각이 여기에 미치자 나는 아이를 품에 안고 넘어지고 일어서기를 반복하며 방을 찾아갔다. 미처 챙길 생각을 하지 못했던 격실의 열쇠는 다행히 주머니 속에 들어 있었다. 무심코 쓰레기 배출구 앞에서 열쇠를 발견했을 때 주머니에 넣은 모양이었다. 그러나 선체가 더 기울자 열쇠 구멍으로부터 몸이 점점 멀어졌다. 문에 손이 닿지 않는다면 열쇠도 무용지물이었다. 나는 무작정 아이를 어깨에 받쳐 올리고 손에 열쇠를 쥐여 주었다. 내가 하려던 행동을 지켜봤던 아이는 자기가 할 일을 금방 파악한 듯했다. 열쇠가 가까스로 구멍에 꽂혔다! 하지만 아이는 그걸 왼쪽으로 두 번 돌려야 한다는 것을 몰랐다. 우주선은 점점 기울어 이제는 발끝을 들어야 할 정도가 되었다. 나는 아이에게 열쇠를 왼쪽으로 두 번 돌리라고 외쳤지만 당황한 아이는 그 작은 손을 부들부들 떨고만 있었다. 그래서 손으로 기껏 꽂은 열쇠마저 뽑을 것 같았다.

그때 우주선이 반대 방향으로 뒤집혔다. 우리는 문 위로 떨어졌다. 조금 전까지 천장에 있던 문이 이제는 바닥에 있었다. 나는 언제 다시 선체가 기울지 모른다는 생각에 잽싸게 열쇠를 돌렸다. 이내 문이 열리면서 아이와 나는 밑으로 추락하듯 굴러떨어졌다. 격실에 들어서자 다시 배가 정상 위치로 돌아오는가 싶더니 문이 자동으로 닫혔다. 그러자 모든 소음이 사라지고 정적만이 남았다.

아이는 무릎을 탁탁 털더니 벌떡 일어나 어느새 눈앞의 방을 흥미로운 듯 바라보고 있었다. 나는 내 목이 부러지지 않은 것을 확인하고 나서 천천히 몸을 일으켰다.

동그란 방 한가운데에 낡은 가죽 의자와 그 앞에는 커다란 나무 책상이 놓여 있었다. 벽은 족히 100개는 될 법한 단추들과 선내 주요 공간의 이름이 새겨진 금빛 이름표들이 촘촘히 박혀 있었다. 돈키호테 씨의 말대로라면 저 버튼들로 각방의 소리를 들을 수 있을 터였다. '조타실'이라고 써 있는 단추가 유독 반질거렸다. 오른쪽에 외따로 떨어져 있는 빨간 단추를 누르자 전면의 유리창이 두 화면으로 나뉘며 조타실과 함선의 모습이 나타났다. 모든 함선은 위급 시 밖에서 상황을 볼 수 있는 위성 드론을 겸비한다던데 이 우주선은 민박선으로 개조된 후에도 달고 다닌 모양이었다. 조타실에서는 함장으로부터 메시지를 전달받은 승무원이 깔때기처럼 생긴 전송관으로 무언가 말을 전하고 있었다. 조타실 이름표가 붙은 단추를 누르자 곧 소리가 들렸다.

"방금 구조를 요청했다. 24시간 안에 구조선과 중형 함선 두 척이 도착할 예정이다. 공격을 가하는 해적선과는 여전히 교신이 되지 않는 상황이다."

"까먹은 거요? 항로가 공사 중이니 그들이 도착할 때까지는 못해도 48시간은 걸릴 거요!"

갑자기 다른 목소리가 끼어들었다. 하지만 목소리만 들리고 말하는 사람의 모습은 보이지가 않았다. 음성에 지지직거리는 전자 소음이 중간중간 섞였다.

"지금 말하는 사람은 누굽니까?"

"여기는 돈키호테. 퀸틴 부함장이오."

순간 조타실이 술렁였다. 오직 선장만이 알고 있었다는 듯 동요하지 않았다. 눈을 돌려 오른쪽 화면을 봤다. 몇몇 해적들이 선체에 박힌 작살을 타고 그린로즈호로 다가오고 있었다.

"선장, 지금은 함부로 함포를 쏘느라 동력을 낭비해서는 안 되오. 당신의 경험과 지휘권을 존중하지만 이런 전투 경험은 전무한 것으로 알고 있소. 내게 30분만 지휘권을 위임하지 않겠소?"

"대안이라도 있으신 겁니까? 저희 우주선은 민박선으로 개조되어 위협용 함포 두 개와 보수용 단정 세 척만 있을 뿐입니다. 한 척을 이미 가져가셨으니 이제 두 척밖에 남지 않았군요."

"그렇소. 저 죽은 혜성 뒤에 숨어 있는 치사한 놈들의 면상을 한번 보려고 접근 중이오. 그동안 두 척의 단정으로 작살을 어떻게든 선체에서 떼어 보시오."

"알겠습니다……. 기놀! 와양! 부탁하네."

그린로즈호의 우현에서 작은 문이 열리는가 싶더니 두 척의 소형 함선이 나왔다. 그 두 척은 보수용 집게를 움직여 선체에 박힌 작살을 하나둘 뽑아냈다. 그걸 보고 있자니 발에 박힌 가시가 뽑힐 때처럼 시원한 기분이 들었다. 은색 끈들은 거미줄처럼 하늘거리며 상공을 부유했고 해적들은 충격에 튕겨져 나갔다. 곧이어 정탐을 마친 돈키호테의 목소리가 들려왔다. 목소리가 조금 희망적이었다.

"저들의 함선이 무척 낡은 것으로 보아 아무래도 새 우주선이 필요한 것 같소. 그러니 이 우주선을 벌집으로 만들진 못할 거요. 우주선을 최대한 훼손시키지 않으려고 할 겁니다. 그러니 낡은 후미를 저들 쪽으로 돌리고 모든 조명을 끄시오. 죽은 척을 하는 거죠. 그럼 공격을 멈추고 저 굴에서 나올 겁니다."

전원 버튼 밑에 달려 있던 스피커에서 주변에 잡을 수 있는 것을 단단히 잡으라는 전체 안내 방송이 들려왔다. 나는 아이를 의자에 앉히고서 감싸듯이 양팔로 의자를 단단히 부여잡았다. 웅웅 소리가 들리며 벽이 진동했다. 머리가 핑글핑글 도는 것으로 보아 돈키호테 씨의 명령대로 회전을 시도하는 모양이었다. 진동이 잦아들 때쯤 고개를 들어 화면을 보니, 몸을 뒤집은 그린로즈호가 남은 조명을 끄는 것이 보였다. 그 모양새가 마치 죽은 메뚜기 같았다. 연기를 하는 우주선이라니! 나는 천연덕스러운 인공물의 연극에 감탄할 수밖에 없었다.

그때 막 외부로 나가 있던 단정이 우주선에 꽂혀 있던 마지막 작살을 성공적으로 뽑아냈다! 적이 발사한 포가 아슬아슬하게 빗겨 갔다. 그러자 약이 바짝 오른 해적선이 혜성 뒤에서 느릿느릿 나와 흉측한 모습을 드러냈다. 돈기호테 씨의 짐작대로 여기저기 구멍이 있는 낡은 함선이었지만 크기는 그린로즈호의 두 배 가까이 컸다. 위쪽으로 움직인 해적선 때문에 그린로즈호 갑판에 검은 그림자가 졌다.

"겁먹을 것 없소. 적들의 우주선에 성한 포가 이제 한 개 뿐이오. 내가 그들이 포를 모두 써 버리도록 유인할 테니 잘 조준해서 남은 동력으로 그걸 부셔 버리시오. 두 단정은 11시 방향과 3시 방향에 보이는 죽은 위성에 숨어 나를 엄호해 주길 바라오!"

돈키호테 씨는 자그마한 고속 단정으로 해적선에서 쏘아 올리는 포를 요리조리 피해 갔다. 그러나 약이 오른 해적선이 온 동력을 끌어모아 발사한 레이저에 오른쪽 날개를 잃었고, 그 공격은 연이어서 그린로즈호의 복부까지 가격했다. 당연히 함선에 충격이 컸다. 나와 아이는 의자에서 튕겨져 올랐다가 또 한 차례 바닥을 구르며 까무룩 정신을 잃었다.

얼마나 지났을까. 멀리서 희미하게 나를 부르는 소리가 들렸다.

"저기요. 걸을 수 있겠어요?"

나는 힘겹게 눈을 떴다. 정신을 차려 보니 구조원 한 명이 바닥에 널브러져 있던 나를 일으키려 했다. 나는 눈을 깜빡한 사이긴 시간이 지나가 버린 걸 알고는 화들짝 놀랐다가, 살았다는 기쁨에 환호성을 질렀다. 하지만 돈키호테 씨의 결말을 두 눈으로 보지 못했다는 생각에 땅이 꺼져라 탄식했다. 감정의 파도에 휩쓸려 여러 종류의 소리를 지르고 있을 때 구조원이 내게 말했다.

"어떤 영감님이 구조 승객 명단에서 당신과 저 아이만 없는 걸 발견하고, 여기 있을 거라고 말해 주었습니다. 그분이 아니었다면 영영 못 찾을 뻔했어요."

"누가……."

입이 뭉쳤는지 문장 하나 제대로 완성할 수가 없었다. 부축을 받으며 게이트를 통과하자 그곳은 이미 타이탄 터미널이었다. 출구에는 구급선들이 대기 중이었다. 뒤를 돌아보자 다시 한번 처참한 모습이 되어 버린 그린로즈호가 보였다. 우주선의 운명이 참 기구하다는 생각이 들면서도 상처투성이 우주선의 표정이 어쩐지 더 이상 쓸쓸해 보이지 않았다. 패잔병이 아닌 마침내 해내야 할 싸움을 마친 노병장의 인상에 더 가까웠달까.

나는 몇 가지 검사를 받았지만 무릎과 팔 몇 군데에 멍이 든 것 외에는 크게 다친 곳이 없었다. 후유증이 올지 모르니 증상이 보이거든 연락을 달라는 당부를 받고 나서야 구급선에서 나왔다. 맞은편에 나와 함께 격실에 숨어 있던 아이가 부모의 품에 안겨 있는 것이 보였다. 아이 역시 심하게 다친 곳은 없어 보여 안심이었다. 문득 저 아이는 내가 미처 보지 못한 돈키호테 씨의 활약을 보지 않았을까 하는 생각이 스쳤다. 그러나 우리는 멀찍

이서 서로 손을 흔들며 작별 인사를 나눌 뿐이었다. 어쩌면 아이는 어른이 되어 오늘의 일을 그저 환상적인 꿈으로 기억하게 될지도 몰랐다. 유령과 해적과 금빛 단추들이 반짝거리던 동그란 방이 등장하는…….

구조를 지휘한 사람을 찾아가 감사 인사를 전한 뒤 돈키호테 씨의 행적을 물었다. 하지만 그는 구조된 사람들 명단에서 그런 이름은 못 보았다고 대답했다. 아마도 수년 전 그날처럼 또다시 모습을 감춘 모양이었다. 인솔자는 서른 명 남짓한 부상자 외에는 모두 무사하다는 사실도 전해 주었다.

그린로즈호의 돈키호테. 불운의 부함장 퀸틴 델가도. 그는 자신의 악몽을 물리칠 기회가 오기만을 손꼽아 기다리며 거듭 이 우주선에 승선한 것일지 모른다. 그리고 마침내 그 족쇄로부터 해방된 것이다!

한편 나는 생명을 빚진 벅찬 마음과 이 빚을 갚기 위해서는 앞으로 얼마나 열심히 살아야 할까 하는 어려운 질문을 안았다. 그러고는 달에 있는 내 집으로 돌아와 짐을 내려놓고 옷을 갈아입으려 했다. 그때 나의 초록색 외투 주머니에서 '짤랑짤랑' 하는 귀에 익은 소리가 들려왔다.

"어라?"

세 번째 부표에 감춰 둔
미세스 킴의 비밀

기요메

마르코, 무뚝뚝한 나의 형. 하지만 자랑스러운 포어슈텔룽호의 부함장님께.

이게 벌써 몇 번째 아르바이트 수기이지! 슬슬 번호를 붙여 볼 때가 된 것 같아. 포어슈텔룽호 점검은 잘 진행되고 있어? 형은 어떻게 생각할지 모르겠지만, 나는 먼지 하나 없는 완벽한 우주선에서 갑판 청소일을 하는 게 가끔 지쳐. 존재 이유를 곱씹게 된달까. 그래서 이번 정기 점검 소식을 듣고 속으로 쾌재를 불렀어. 알아. 오래전 형과 아버지에게 한 약속을 지켜야 한다는 거. 그만한 일자리도 내 여건에서는 감지덕지라는 거. 하지만 갑갑한 건 어쩔 수가 없어. 아마도 내 역마살 탓이겠지. 아무튼 난 이 정당한 명분을 십분 이용하기로 했어.

나는 승객 한 명 없는 한적한 포어슈텔룽호 갑판 위에서 동료 우주선 청소부들과 보내는 한적한 낮 시간을 정말 사랑해. 오늘은 간식 가판대의 점원 다보가 유통 기한이 아슬아슬한 재고를 청소부들에게 몽땅 무료로 풀었어. 그 자극적인 간식들을 먹으며 나는 절친한 친구 브루노와 나란히 앉아서 아르바이트 자리를 물색하기 시작했어.

형도 브루노 바르퉁은 잘 알지? 걔는 언제나처럼 귀퉁이가 너덜너덜해진 노노그램* 한 부를 꺼내서 몰두했고, 나는 그간 놓쳤던 세상 돌아가는 소식과 새 일자리를 태블릿으로 훑어 나갔어. 무엇보다 지도실에서 지루하게 시간을 보내야 할 형에게 이왕이면 신선한 이야기를 들려주고 싶었지. 그래서 이전 아르바이트 사장님들의 제안도 마다하고 꽤 흥미진진한 일자리를 찾아냈어.

그보다 그린로즈호 돈키호테의 정체가 밝혀졌다는 뉴스는 나 빼고 모두가 아는 것 같더라? 사실 나는 돈키호테가 오래전 잠적한 퀀틴 부함장이라는 걸 전부터 알고 있었어! 정말이라니까? 그는 이번에 우주선을 구하고 난 뒤 다시 잠적했다고 하지. 우주선 전투 손상을 복구하는 작업이 화성에서 진행되고 있다길래, 나는 두 눈으로 직접 그 광경을 보면서 응원을 보내고 싶어졌어. 그렇게 화성으로 행선지를 정하고 나니까 나머지는 수월했어. 마침 복구 현장의 인근 터미널에서 예인 우주선** 운전자를 구하고

---

* 격자판 모퉁이에 적힌 숫자를 지우며 숨겨진 그림을 찾는 게임. '네모네모 로직'으로도 불린다.

있는 거야. 나는 언제나처럼 브루노에게 장시간 동안 헤어지기 전에 노노그램 점을 쳐 달라고 했지. 진지하게 믿지는 않지만 그 친구가 점괘를 치는 모습을 보는 게 즐겁거든. 그는 방금 풀어낸 그림 한 장을 내밀면서 말했어.

"세 마리 노루가 이끄는 썰매."

나는 앵무새처럼 따라 했어.

"세 마리 노루가 이끄는 썰매!"

그러고는 브루노가 아무 말이 없길래 물었어.

"그래서, 그게 무슨 뜻일까?"

그랬더니 점괘는 함부로 파고드는 게 아니라는 거야. 나, 참. 난 이래서 브루노가 좋아. 참고로 녀석은 '고틀란드'라는 지구 어느 섬에 시간제 보조 요리사 자리를 찾았어. 화성에서 날 받아 줘 고용인의 이름은 베넨이고, 화성 12번 터미널의 책임자야. 내가 지원자 중에 제일 어리고 예인 우주선을 처음 몰아 보는 걸 걱정하는 눈치였지만, 나의 1종 우주선 자격증과 화성에서 일한 경력을 높이 사서 결국 일을 줬어. 법적으로도 일을 할 수 있는 나이인데, 내가 열여덟이라는 걸로 트집이 잡힌 건 지난번 가니메데 면세점에서 영업직을 할 때뿐이야. 다시는 가나 봐라.

** 우주선이 지정된 장소에 안전히 접안하도록 돕는 우주선.

지금은 화성 터미널의 직원 숙소에서 글을 쓰고 있어. 동그란 창 밖으로 모양새가 천차만별인 우주선들이 느릿느릿 게이트에 정박하고 있는데, 꼭 각종 물고기가 담긴 어항을 들여다보는 기분이야.

일은 한두 달 전부터 시작해서 큰 사고 없이 잘 해내고 있지. 형은 알고 있었어? 우주선들의 길잡이 노릇을 하는 예인선도 길잡이가 필요하다는 거. 그게 바로 우주 부표들이야. 여기 부표들은 꼭 체스 말처럼 생겼어. 이것들이 없었다면 나도 길 안내를 하는 데 한참 헤맸을 거야. 그럼 큰 우주선들이 여기저기 엉뚱한 곳에 도킹했겠지. 생각만 해도 아찔해! 우주선들은 사실 문제가 없어. 여러 예인선이 의무적으로 함께 따라붙으니까. 작은 우주선들이 까다롭지. 그들은 알아서 부표와 인공위성 안내판을 보고 길을 찾아야 하는데, 초행길이거나 시력이 좋지 않은 운전자들은 그렇게 헤매.

그중에서도 나를 아주 고생시킨 주홍색 우주선 얘기를 해 줄게. 금요일마다 3번 부표에 머리를 박고 있던 그 우주선을 나는 영영 잊지 못할 거야. 심지어 번호까지 외웠어. E007. 앞 번호가 E니까 지구에서 만든 건데, 50년도 더 된 구형 자가용으로 교과서에서나 보던 커다란 파이프 배관이 후미에 비죽 튀어나와 있어. 겉으로 볼 때는 앙증맞아 보이지만 내부 구조가 워낙 잘 짜여 있어서 실제로 올라타면 제법 넓게 느껴지지. 이 우주선의 운전자는 알고 보니 화성 12번 터미널의 유명 인사였어. 본명은 김순자. 주홍색으로 염색한 머리에 화려한 꽃무늬 원피스와 새빨간 산호 목걸이 그리고 붉은색의 뿔테 안경을 꼈지. 게다가 화성 금요 장터에서 인기 만점 반찬 매대를 운영하는 노부인이야. 모두가 그녀를 미세스 킴이라고 부르더라고. 그 호칭을 더 선호하신다나.

  미세스 킴은 늘 내 근무 시간과 겹치게 입항을 했는데, 그녀의 우주선이 어젠가부터 3번 부표쯤에 바짝 붙어서는 꼼짝을 안 하는 거야. 이곳 터미널 직원들은 대부분 그녀를 몹시 좋아하고 아껴. 그러다 보니 미세스 킴이 이상한 행동을 하기 시작하자 건강에 문제라도 생긴 게 아닐지 걱정하고, 무사히 부표로부터 방향을 틀어서 통행료 지불 게이트를 지나갈 때면, 챙겨 둔 건강식품을 쥐여 드리고는 하는 거야. 그 이상 행동이 시작된 게 벌써 반년쯤 됐대. 별일 없으시냐고, 건강하셔야 한다는 직원들의 인사에 곧 여든을 앞둔 미세스 킴의 애정 어린 대답은 언제나…….

  "네 걱정이나 하슈."

  내가 예인선 운전 일을 시작하고, 처음 그녀가 부표 근처에서 헤매는 걸 발견한 날이었어.

  "미스세 킴이시죠! 말씀 많이 들었어요."

  나는 이렇게 무선으로 인사를 하고 예인선을 몰고서 그녀의 우주선으로 가까이 다가섰지. 그녀는 운전대 유리창 뒤에서 숨을 삼키면서 머리칼과 옷을 가다듬고 계셨어. 얼굴은 창백하고 이마에는 땀이 맺혀 있었지. 딱 봐도 문제가 있는 게 분명해 보였어. 그날 구급선을 부르려다가 내가 어찌나 호되게 혼났던지! 이런 씨름이 몇 번 반복되었고, 다섯 번째가 됐어. 나는 도저히 이대로 넘어가면 안 되겠다 싶어서 부표 옆에 멈춰 있는 그녀의 우주선에 올라탔어. 하지만 조정석에 있어야 할 미세스 킴이 보이지 않았지.

"뒤쪽이야!"

멀리서 들려오는 카랑카랑한 그녀의 목소리. 내가 우주선 후미 쪽으로 막 들어섰을 때, 그녀는 우주선 안인데도 외부 우주복 바지를 입고 있었어. 그래서 괜찮으시냐고 물으려던 순간, 후미 보관실의 불이 켜지면서 천장까지 가득 메운 유리병 속 먹거리들이 보석처럼 반짝였어! 잼, 크림, 절임, 피클 등등등. 누군가 우주 제일의 부자가 누구냐고 묻는다면, 나는 미세스 킴이라고 대답하겠어. 보물 상자 같은 유리병에서 흘러나오는 달짝지근한 냄새에 내 입은 말을 잃고, 배가 먼저 소리를 내고 말았지.

'꼬르르르륵.'

환복을 마친 미세스 킴이 배를 부여잡은 나를 향해 고개를 절레절레 흔들었어. 그리고 조작법을 가늠할 수도 없는, 손때 묻은 알록달록한 버튼들을 이리저리 눌러 간이 금속 테이블을 소환했지. 그 위에는 빨간 체크무늬 식탁보를 펼쳐 덮었어. 벽에서 뻗어 나온 집게손들은 빵과 접시들을 준비해 줬지. 순식간에 우주선이 얼마나 따뜻하고 아늑한 공간으로 변했는지! 미세스 킴이 우주 한 구석에 숨어 살아가는 마녀처럼 보였어. 착한 마녀 말이야.

　미세스 킴은 선반에서 오이와 브로콜리, 연근피클과 유자잼을 꺼내서 내가 골라 먹게 해 주었어. 셰프 쿤에게는 정말 미안한 말이지만, 포어슈텔룽호의 5성급 레스토랑 조식보다 몇 배는 더 맛있었어. 나는 이렇게 좋은 식사를 대접받고 싫은 소리를 할 수는 없었기 때문에, 부표 얘기는 다음을 기약했지. 그녀는 나를 관찰하는 듯이 가만히 보다가, 이마에 맺힌 땀을 식탁보 끝자락으로 마저 슥 훔치더니, 내게 다 먹었으면 나가라는 손짓을 했어. 내가 공손히 인사를 드리고 나오자마자, 그녀는 아무 일도 없었다는 듯 멀쩡하게 게이트를 통과해서 화성으로 입성하는 거야.

　이 꿈 같은 비밀 조식은 다음 금요일에도 반복됐어. 미세스 킴은 분명 내게 하고 싶은 말이 있어 보였고, 나 역시 그녀에게 매번 부표 옆에 정박하시면 위험하다는 말씀을 드리며 이유를 묻고 싶었지. 그러다 미세스 킴의 우주선을 게이트 방향으로 에인하는 중에 후방 카메라를 통해서 나와 미세스 킴의 우주선을 좇는 번뜩이는 섬광을 목격했지……. 우리가 조금 전까지 바짝 붙어 있던 3번 부표의 작은 창 안에서 번뜩이는 눈을!

　다음번 금요일에는 미세스 킴의 우주선을 앞세워 보내고 일부러 후방 카메라로 3번 부표를 자세히 관찰했어. 네 개, 아니 여섯 개의 섬광이 깜빡거리며 멀어지는 미세스 킴과 나의 우주선을 노려보는 거야. 온몸에 소름이 돋았어. 깜빡거리고 흔들리는 게 분명 살아 있는 생물체의 눈이었거든.

'오즈의 착한 마녀가 실은 헨젤과 그레텔의 마녀였던 걸까?'

나는 이 범상치 않은 문제를 어디에든 신고하기에 앞서 마지막으로 미세스 킴과 얘기를 해야겠다는 생각이 들었어. 그래서 그녀가 믿을 수 없을 만큼 맛있는 절임들을 판다는 화성 금요 장터에 직접 찾아가 보기로 했지.

나는 단번에 '킴스 잼&피클' 간판이 붙은 그녀의 매대를 찾을 수 있었어. 그녀의 주홍색 녹슨 우주선이 바로 옆에 세워져 있었거든. 게다가 그녀의 손맛에 푹 빠진 손님들이 얼마나 많던지, 나는 미세스 킴에게 말을 붙이기까지 거의 한 시간을 대기해야 했어.

"무슨 생각을 하는 거야! 내가 나중에 잡아먹으려고 거기다 사람이라도 가둬 놨다고 생각하는 건 아니겠지?"

내가 그녀의 환상적인 피클들을 몇 개 사러 온 척하면서 은근슬쩍 부표 안의 눈빛들에 대해 털어놓았어. 미세스 킴은 놀란 듯하면서도 어쩐지 차라리 잘됐다는 말투로 이렇게 대답했지.

"곧 있으면 끝날 거야. 3번 부표 앞에서 두 시간 뒤에 봐. 총각에게 보여 줄 게 있어."

내가 두 시간 후 3번 부표 앞에 도착했을 때, 미세스 킴은 벌써 우주복을 입고 나와 있었어. 그러고는 나를 향해 따라오라고 손짓했지. 나는 조심스럽게 우주복을 입고 그녀를 따라 부표의 곁문이 딸린 곳까지 올라갔어. 그 안쪽에는 놀랍게도 사람 두 명이 들어가면 꽉 차는, 산소가 공급되는 작은 공간이 있었는데, 알고 보니 부표 점검원을 위한 정비실이었어. 완전히 암전된 동굴 같은 그곳으로 막 들어섰을 때 괴기한 울음소리가 들렸어. 나는 그만 '아악' 하고 비명을 질렀지.

"진정해, 총각! 아기들이 놀라겠어."

"아기요? 아기들을 여기 가둬 두셨다고요?"

나는 지금이라도 도망쳐야겠다는 생각에 어둠 속에서 허우적거렸지. 그러자 천천히 조명등에 불이 들어오며 밝혀지는 울음소리의 정체……. 맙소사. 그다음에 내가 목격한 걸 형이 같이 봤더라면! 나의 무례 막심한 오해에 대해서 평생 미세스 킴에게 사죄를 구해야 할 판이야.

"나다, 나. 우쭈쭈쭈. 우리 귀여운 아기들!"

그녀의 목소리를 듣고 계기판 밑에 숨어 있던 노견 한 마리와

막 걸음마를 뗀 강아지 두 마리가 기어 나왔어. 그러고는 그녀가 내민 손에 얼굴을 부비고 핥으면서 환영하는 거야. 조명이 완전하게 켜졌을 때, 나는 여기 모든 곳에 미세스 킴의 손길이 닿아 있다는 걸 알아볼 수 있었어. 체크무늬 담요와 쿠션들, 개들이 먹을 수 있게 말려 놓은 절임들과 시리얼, 사료, 마실 물 등이 여러 개의 빨간 꽃무늬 그릇에 담겨 있었어. 어린 강아지들은 겁도 없이 내 발치로 다가와 냄새를 맡았지. 코가 촉촉해 보이고 살도 포동포동한 게 건강해 보였어. 반면 노견은 미세스 킴 쪽으로 몸을 기댄 채 이를 드러내며 나를 경계했지.

내가 전혀 예상치 못한 상황에 머뭇거리는 사이, 미세스 킴은 개들의 분뇨를 쓸어 담고, 비어 가는 그릇들에 새 사료와 깨끗한 물을 채워 넣었어. 얼마나 민첩하게 움직이시던지! 그녀를 발견할 때마다 이마에 땀이 맺혀 있던 이유가 다 이것 때문이라는 걸 알았지. 내가 이 부표에서 벌어지는 일을 알았더라면, 그렇게 성급하게 미세스 킴의 뒤를 쫓지 않았을 텐데. 나는 자칫 잘못 끼어들었다가는 일을 망칠 것 같아서 가만히 구석에 서서 모든 광경을 지켜봤어. 잠시 후, 일을 마친 미세스 킴을 따라서 다시 그녀의 낡은 우주선으로 돌아왔지. 그녀는 궁금증에 가득 찬 내 눈을 보더니 나지막이 이야기를 시작했어.

"누가 아기들을 여기에 버리고 갔는지 알아. 바로 내 옆에서 장사하는 친구인데……. 끈덕지게 설득했지만 모르는 척 시치미를

떼더라고. 내 친구들은 하나같이 여력이 없어. 나이들이 있어서 제 몸 건사하기 바쁘지. 그래서 여태 개를 맡아 줄 임자를 찾지 못한 거야. 내 우주선은 식품 위생 검사를 수시로 하는 통에 얘들을 태우고 다닐 수도 없어. 보호소에 보내면 어떤 신세가 될지 안 봐도 뻔하고. 온라인에 공지문을 올렸는데 아무도 대꾸를 안 해."

"그랬군요……."

큰 한숨 한 번. 그리고 다시 이어지는 이야기.

"나는 어린 손녀랑 조만간 가니메데로 이주할 거야. 그런데 도무지 녀석들 때문에 발길이 떨어지질 않아. 그쪽에게 부탁할까도 싶었는데, 늘 유랑하는 신세인 걸 잘 알기에 말하지 못한 거야."

"터미널 식구들한테 한번 물어볼게요."

"나를 잡아간다고 하지 않을까? 개들을 보호소로 보내 버리면 어떻게 해!"

나는 터미널 직원들이 미세스 킴을 얼마나 좋아하는지 그녀가 전혀 모르는 것 같다고 말했어. 그녀가 도움을 구할 때 도우려는 마음도 말이야. 그러니 나에게 물어볼 기회를 달라고 했지.

아니나 다를까! 너도 나도 그 강아지들과 개를 거두고 싶어 했어. 나는 지원자들의 명단과 프로필을 추려 미세스 킴에게 전송했어. 그리고 바로 지난해 오랫동안 함께해 온 노견을 잃은 터미널장 베넨이 당첨되었지. 그는 미세스 킴과의 짧은 면접을 거치자마자 부표를 찾아와 개들을 거두었고, 미세스 킴이 초대한 채

팅 창에서 개들이 얼마나 잘 지내고 있는지 일주일에 한 번씩 연락하고 있어. 그 세 마리 개들은 우리 사이에서 이제 완전히 인기야. 화성 12번 터미널의 마스코트가 될 판이지.

노견의 목에는 '부디'라는 명찰이 붙어 있어서 계속 그렇게 불러 주기로 했어. 강아지들을 뭐라고 부를지는 열띤 논쟁 중. 나는 이게 왜 논쟁거리인지 잘 모르겠어. 당연히 '잼'과 '피클'이 녀석들의 숙명적인 이름이라고 생각하거든!

내 나이에 이런 얘기를 하면 형이 비웃을지도 모르겠지만, 나는 여기저기서 각종 아르바이트 경력을 쌓고 여러 경험을 하면서 우주를 좀 이해했다고 생각했어. 그런데 여전히 겉으로만 보고 함부로 판단할 수 없는 일들이 너무 많아.

그나저나 형 생각은 어때? 브루노가 얘기했던 세 마리 노루 점괘 말이야. 내가 이 일화를 들려 주니까, 녀석이 지난번 노노그램 그림을 다시 전송하더니 자꾸 자기의 점이 맞아떨어졌다고 우기는 거야. 그림을 묘사한 것 말고는 아무 말도 해 주지 않았으면서. 결국 나는 그가 정말 탁월한 점술사 같다고 맞장구쳐 줬어. 그리고 쉬는 시간을 이용해, 전송받은 그림의 비어 있는 썰매 위에다 미세스 킴과 그녀의 반짝이는 피

큰 병들을 채워 넣었지.

　참, 그거 알아? 간혹 지구에는 고속 도로로 뛰쳐나오는 노루들이 있대. 언젠가는 그 신비한 동물을 직접 보고 싶어. 하지만 고속 도로에서 그렇게 아찔하게 만나고 싶다는 말은 아니야!

희귀 눈꽃 슈니블뤼테

로트해트

여태 여러분에게 역사가 있는 우주선들의 이야기를 들려주었다. 그러다 정작 나의 역사에 대해서 공유한 적이 별로 없다는 걸 알았다.

고교 시절의 일이다. 그날은 아버지가 학교로 나를 데리러 올 수 없는 날이었다. 마침 갓 수확한 꽃의 배달 경로가 우리 집 방향이었던 막내 삼촌이 아버지를 대신해 오겠다고 했다. 나는 삼촌의 근사한 화훼선을 탈 생각에 가슴이 두근거려 도저히 수업에 집중할 수가 없었다.

수업을 마칠 때쯤, 멀리서부터 달콤한 꽃향기가 바람에 실려왔다. 밖을 내다보자 화훼선의 무수한 유리 단면들이 저녁노을에 반사되어 눈부시게 빛나고 있었다. 삼촌의 화훼선이 운동장에 착륙하는 모습은 마치 하늘이 인간에게 붉은 보석을 하사하는 장면처럼 보였다. 학교 종소리가 울리고, 내가 어린아이처럼 삼촌을 부르며 달려 나가자 선생님 몇몇이 창밖으로 얼굴을 내밀고서 꽃 수송선을 감탄스러운 눈으로 바라봤다.

"안녕! 집에 가서 연락할게!"

나를 배웅했던 친구들도 내가 부러운 눈치였다. 잠시 후 아이들의 교복 치마가 꽃잎처럼 펄럭이는 모습이 콩알만 하게 내려다보였다. 유리 등껍질을 가진 거북이 모양의 이 화훼선은 꽃들이 시들지 않도록 태양 빛을 쬐여 주기 위해 일정 시간 동안 태양 주변을 돌았다. 화훼선 안의 계단식 화단에는 온갖 종류의 꽃이 심겨져 있었고, 그것들은 골고루 빛을 받아야 했다. 삼촌의 상선은 수송선임과 동시에 우주를 떠다니는 작은 화단인 화훼선이었던 것이다. 뱃머리 쪽에는 삼촌만을 위한 작은 온실이 하나 더 있다. 거기에는 자그마한 야생화들과 삼촌과 숙모의 끼니를 위한 야채 등이 무질서의 질서 속에서 무럭무럭 자라나고 있었다. 때가 되면 물탱크에 저장되어 있는 물이 파이프를 타고 빙그르르 돌아 구멍으로 뿜어져 나왔다. 그럴 때면 어린 시절의 기억이 떠올랐다. 숙모와 파라솔만 한 우산을 챙겨 그 비밀의 정원으로 가서 '비 오는 날의 소풍' 놀이를 하던 날들이. 그러면서 나는 온실 위로 보이는 별들이 유성우가 되어 머리 위로 쏟아지는 상상에 젖고는 했던 것이다.

그렇게 옛 기억을 떠올리고 있는데 삼촌이 특유의 난감한 표정을 지어 보이더니 내게 곧장 집으로 가지 않고 어디를 좀 들러도 되겠느냐고 물었다. 몇 안 되는 꽃 장사꾼들만 아는 수확지를 가 보자는 것이었다. 삼촌이 얘기한 수확지란 비교적 최근에 발견된 화성의 새 위성으로 그곳의 대기권에서만 피어나는 희귀 눈꽃이 있다는 것이다.

"숙제가 많은데……." 하면서도 나는 이미 그 꽃이 보고 싶어 안달이 나 있었다. 삼촌은 나를 그곳으로 데려다주었다. 그리고 조명을 켜면 특별한 꽃이 만개하는 순간에 지장을 줄 수 있다며 우리의 실루엣이 겨우 보일 정도로 조명의 조도를 낮추었다. 그리고 좌표를 따라 분주히 움직이다가 어느 지점에 이르러 정지 비행을 했다.

"바로 이쯤에서 꽃들이 피어날 거다."

내가 어둠에 겁먹고 오들오들 떨자 삼촌이 선반에 있던 담요를 가져와 덮어 주고 말린 국화 꽃잎으로 차를 끓여 주었다.

"태양에 말린 최고급 차란다. 잎을 어떻게 말렸느냐에 따라 차의 맛과 향이 달라진다는 건 얘기해 줬었지?"

삼촌은 장사 철이 지나서도 꽃이 남으면 꽃잎들을 따다가 태양에 바짝 말린 뒤에 요령 좋게 팔곤 했다. 숙모는 손재주를 살려 삼촌이 말린 잎을 예쁜 유리병에 담거나 직접 그린 그림이 인쇄된 티백에 옮겼다. 익살맞은 얼굴의 곰이 한 손에 태양을, 다른 한 손에는 찻잔을 들고 있는 티백 디자인은 고객들에게 인기가 좋았다. 그렇게 삼촌과 숙모의 손길이 담긴 국화차를 한 모금 마시자 꽁꽁 얼어 가던 마음이 조금씩 녹아내렸다. 나를 지그시 바라보던 삼촌이 입을 뗐다.

"오늘 보게 될 꽃은 '슈니블뤼테'라는 별명을 가졌단다. 학명은 워낙 길어서 삼촌도 까먹었어. 꽃에 얽힌 설화를 들려줄게."

슈니블뤼테에 얽힌 설화

별마다 왕과 왕비, 왕자와 공주가 살았던 시절. 아름다운 새를 찾아 온 우주를 뒤지던 '날개'라는 이름의 왕자가 있었단다. 그는 새들이 숨어 있을 법한 숲이 많은 행성을 뒤지고 다녔지. 그러다 무지개 깃털을 가진 새들이 머무는 호숫가에서 부드러운 노을빛 아래 뜨개질을 하고 있던 아름다운 여인을 발견했어. 둘은 이내 사랑에 빠졌단다. (노을빛은 가끔 그렇게 두 남녀가 사랑에 빠지는 것을 돕곤 하지.)

하지만 그녀의 아버지는 다름 아닌 적국의 왕이었어. 그러니까 그녀는 적국의 공주 '실'이었단다. 자기 딸의 마음을 훔친 왕자의 존재를 알게 되자 왕은 분노에 휩싸여 왕자에게 공주를 납치했다는 누명을 씌우고 사형 선고를 내렸단다. 태양 빛에 노출되어 단숨에 재가 되는 사형에 처하게 된 거지. 왕자에게는 가엾게도 부모가 없었기 때문에 아무도 그를 지켜 줄 수가 없었단다. 공주가 아무리 아버지에게 간청해도 임금은 들은 척도 안 했어. 고심 끝에 그녀는 천 일만 사형일을 늦춰 달라고 부탁했지. 왕은 마지못해 승낙했어. 그때부터 공주는 자기만의 별, 아름다운 새들이 사는 작은 행성의 호숫가에 앉아 천 일 동안 매일매일 눈물을 흘리며 뜨개질만 했단다.

어느덧 공주가 짠 담요는 호수를 덮고 대륙을 덮더니 그녀의 별보다도 커졌어. 공주는 담요가 완성되자 담요의 끝을 그 행성에 머물던 모든 새의 다리에 묶었지. 새들이 겨울이면 태양을 가로질러 남우주로 날아갈 걸 알았거든.

드디어 천 일이 모두 지나고 왕자의 사형 선고 일이 다가왔어. 왕자는 마지막으로 공주를 한 번만 보고 싶었지만 그녀는 기력을 다한 나머지 왕자를 찾아올 수가 없었지. 그는 자기를 단 한 번도 보러 와 주지 않은 공주가 야속하다고 생각했어. 자신을 향한 그녀의 사랑이 식어 버렸다고 믿었지. 그런데 그가 사형대로 올라선 순간 놀라운 일이 일어났단다. 조금 전까지 하늘에 떠 있던 태양이 갑자기 사라져 버린 거야! 공주의 담요를 다리에 매단 새들이 두 우주 사이를 가로질러 날아가며 뜨거운 태양을 가린 거지. 왕자를 향한 공주의 사랑을 목도한 임금은 왕자를 풀어 주었어. 왕자와 공주는 우주에서 가장 아름다운 새들이 사는 행성에서 오래오래 행복하게 잘 살았대.

'참 나. 어떻게 천 일 동안 태양보다 큰 담요를 만들지?'

난 그것이 삼촌이 지어낸 얘기일 거로 생각했다. 그리고 설화가 숙모와 삼촌의 이야기를 빗댄 것도……. 예의 바르게 이야기에 대한 감사를 표하려고 헸으나 중요한 것 하나는 짚고 넘어가야 했다.

"그런데 꽃에 관한 설화라면서 꽃은 어디 등장하는 거예요?"

삼촌이 이마를 탁 치며 말했다.

"아차! 태양이 공주의 담요로 가려지던 순간, 공주가 담요를 짜는 동안 흘렸던 눈물이 얼어붙어 바로 눈 모양의 꽃 슈니블뤼테가 되었다지?"

나는 삼촌의 능청스러움과 순발력에 웃음을 터뜨리면서도 과연 내가 그런 사랑을 할 수 있을 것인가를 생각해 보았다. 못 하면 또 어때? 그게 필수라고 생각하지는 않는다. 하지만 인간 역사에서 거듭 모든 예술의 핵심 소재가 되는 사랑이란 감정이 어쩐지 숭고하게 여겨졌다. 꽃과 사랑이라는 두 공을 머릿속에서 저글링하던 나는 문득 그 무렵 내 또래들 사이에서 뜨거운 화재였던 '꽃잎 논쟁'을 떠올렸다. 그리고 삼촌의 생각을 물어보기로 했다.

"삼촌은 꽃잎으로 사랑 점을 칠 때, '그 사람이 나를 사랑한다'부터 시작하겠어요? 아니면 '그 사람은 나를 사랑하지 않는다'로 시작하겠어요?"

"그게 도대체 무슨 질문이지?"

"요즘 애들은 이런 질문으로 서로 가치관이 어떻게 다른지 들여다보기도 해요."

"무슨 가치관? 꽃으로 편 가르기를 한다는 말이니?"

삼촌은 꽃의 존재란 사람을 이어 주기 위한 것이지, 서로의 차이를 발견해서 멀어지게 만드는 도구가 아니라며 시무룩해져서는 대답했다. 당시 나는 십 대였기 때문에 어른들은 왜 가벼운 스몰토크 주제에도 이렇게 민감하게 반응하는지 도통 이해할 수가 없었다. 하지만 삼촌은 곧장 내 질문에 진지하게 임해 주었다. 진지한 스몰토크라니. 지금 돌아보니 조금은 어불성설인 듯싶기도?

"아무래도 질문부터 잘못된 것 같구나. 내 답은 이거야."

삼촌이 엄청난 비밀이라도 말할 듯 속삭이기에 나는 삼촌 쪽으로 몸을 기울였다.

"이왕이면 '그 사람은 나를 사랑한다'로 끝내고 싶은 거잖니?"

"당연하죠."

"그렇다면 무슨 말로 시작할지는 중요하지 않아. 꽃잎이 홀수인지 짝수인지부터 알아야지! 그다음 무슨 말로 시작할지 결정해야 할 거다. '그 사람이 나를 사랑한다'로 시작했다면 홀수인 꽃을 골라야 같은 말로 끝나는 거지."

와우……. 물론 그런 계산이 들어가는 순간 우연성에 의존하는 점이라는 것이 효력을 잃게 된다는 생각도 들었다. 그래도 나는 삼촌의 답이 아주 마음에 들었다. 다만, 이건 꽃 전문가인 삼촌만이 떠올릴 수 있는 생각이었다. 어지간히 꽃을 사랑하는 사람이 아니고서야 누가 어느 꽃의 꽃잎이 짝수인지 홀수인지 알겠느냐는 말이다! 나는 꽃에 대한 생각에 둘러싸여, 졸음이 몰려오는 무의식 속에서까지 꽃잎 수를 세다가 깜빡 잠이 들었다. 방금 들은 설화에 나왔을 법한 숙모의 자수 담요를 덮고서.

몇 시간 후. 외판에 좁쌀 같은 게 부딪치는 소리가 나는가 싶더니 삼촌이 나를 흔들어 깨웠다.

"요나야, 일어나 봐. 이제 30분 안으로 꽃들이 만개할 거야. 저 행성들 틈으로 잠깐 태양 빛이 비칠 때 말이야. 슈니블뤼테는 바로 그 찰나에 피어난단다."

삼촌이 창 너머로 보이는 한 지점을 손으로 가리켰다. 거기에는 꽃봉오리들이 공중에서 구름을 이루고 미세하게 떨리고 있었다.

"슈니블뤼테가 특별한 이유는 또 하나 있단다. 그건 꽃잎의 개수와 모양이 제각각이라는 거야. 단 한 송이도 같은 모양이 없지! 이 경우에는 꽃잎 논쟁에 대한 내 답변도 별로 도움이 되지 않겠구나."

"어떻게 그럴 수 있어요?"

나는 한 종류의 꽃 모양이 저마다 다르다는 것에 깜짝 놀라서 물었다.

"왜, 사람도 그렇잖니?"

그렇지······. 의외로 간단한 대답에 금방 수긍했다. 슈니블뤼테가 만개하기까지의 30분은 꼭 세 시간처럼 여겨졌다. 나와 삼촌은 계기판 옆에서 빨갛게 깜빡거리는 시계의 숫자들을 뚫어져라 바라봤다. 그러자 정말 30분쯤 지나서 태양 빛이 아치 모양으로 금빛 테두리를 만들더니 그 빛줄기가 닿는 곳부터 팝콘이 터지듯 수천수만 개의 슈니블뤼테가 꽃을 피웠다!

슈니블뤼테는 마치 불꽃놀이의 불꽃을 얼려 놓은 듯한 모양이었다. 전부 살펴보지는 못했지만 적어도 내가 본 꽃들은 삼촌의 말대로 같은 모양이 단 한 개도 없었다. 어떤 꽃잎은 뾰족하고 어떤 꽃잎은 동그랬다. 또 꽃잎에 따라 잎의 수도 달랐다. 꽃을 피운지 몇 초 지나지 않아 크리스탈 같은 꽃잎 가운데서 씨앗이 뿜어져 나왔다. 삼촌 말로는 꽃이 피어나자마자 그렇게 씨앗을 뿌리는 것은 그만큼 빨리 시들기 때문이라고 했다. 그 모습이 꼭 '에취!' 하고 재채기를 하는 것처럼 보여서 나는 깔깔거리며 배를 잡고 웃었다. 삼촌은 꽃이 시들기 전 진공 유리 캡슐에 담아야만 모양을 보존할 수가 있다고 했다. 그러더니 조종 스틱을 움직여 화훼선의 채취용 집게를 벌려 꽃이 깨질세라 조심스럽게 유리 캡슐에 담았다.

"우린 많이도 필요 없어. 열 개 정도면 내년 이 무렵까지 유용하게 쓸 수 있을 거야. 참, 슈니블뤼테가 귀한 약재도 된다는 얘기를 했던가? 요새 숙모가 몸이 안 좋잖니."

삼촌은 숙모를 위해 한 송이 정도 더 챙기고 싶었을 텐데도 다른 한 송이를 내게 선물로 줬다. 나는 삼촌의 사정을 알 만한 나이었는데도 선뜻 마다하지 못했다. 슈니블뤼테가 내 영혼을 홀릴 만큼 아름다웠던 것이다.

  우리가 꽃들이 상하지 않도록 조심스럽게 대기권을 빠져나올 때 반대편에서 요란한 움직임이 포착되었다. 커다란 수확선들이 본체에서 집게발을 내밀어 슈니블뤼테를 우악스럽게 쓸어 담고 있었다. 우리는 그 거대한 포식자들로부터 조용히 눈을 돌렸다.

포보스팀이냐 데이모스팀이냐!
태양계 리그 대소동

기요메

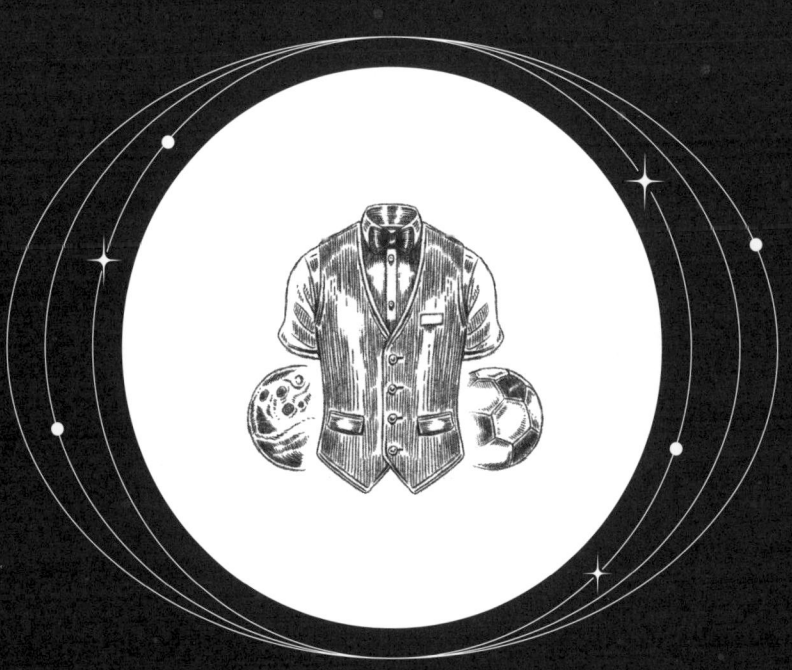

✦

마르코, 나랑 똑 닮은 형. 하지만 성격은 완전 딴판인 포어슈텔룽호의 부함장님께.

나랑 닮았다는 표현에 상처받지 않았기를 바라. (엄밀히 따지면 내가 좀 더 잘생긴 쪽이라고 생각해.) 며칠 전에 거울 앞에서 곱슬머리를 뒤로 바짝 묶어 봤는데 내 얼굴이 형이랑 판박이더라고. 사진을 첨부했으니 한번 비교해 봐. 형이 부함장 노릇에 이골이 나면, 내가 하루 정도는 대타를 뛰어 줄 수도 있겠어. 물론 공짜로는 안 돼. 우리 집안은 계산에 냉정하니까.

사실 궁금한 게 있어. 형은 정말 실수를 안 하는 사람인 거야, 아니면 그걸 감쪽같이 감추는 데 도사인 거야? 사람들 말이 내가 첫눈에 조금 느슨한 인상이라서 사고나 치지 않을까 생각했다가 일 처리 하는 걸 보면 놀란다는 거야. 보기보다 훨씬 꼼꼼하고 신중해서. 여태껏 큰 사고를 친 적이 없기는 했지. 단, 이번만 빼고……. 정말이지 대형 사고를 칠 뻔했던, 그래도 그럭저럭 잘 수습해 낸 나의 모험담을 들려줄게.

예인 우주선 아르바이트를 마치고, 나는 정이 든 강아지들과 터미널 직원들과의 작별 인사를 나눈 다음 곧장 포보스 축구 대표 팀 전용선에 올라탔어. 형은 태양계 리그의 열렬한 팬이니까 이날만을 기다려 왔겠지?
 '슈니블뤼테가 네 번 피고 지면, 태양계 리그 시즌이 온다.'
 나는 대단한 축구 팬이 아닌데도 어릴 적에 형이 들려준 얘기 때문에 언제 태양계 리그가 열리는지는 잘 알고 있었지. 축구 대표 팀을 태울 전용선은 최대 이백여 명 정도가 탈 수 있는 중형 우주선이야. 여기서 나는 세탁실 직원으로 일할 예정이었어. 운동선수들의 전용선이기는 해도 우주 여객선이랑 비슷한 구석이 있거든. 그중 우주선 내부의 청결, 식품, 의류 등의 관리를 맡은 직원들은 초록색 조끼를 주고, 상갑판의 풀장과 그 외 시설을 맡은 관리 팀 직원들에게는 노란색 조끼를 나눠 주더라. 통기성 좋은 부드러운 소재에 직원들의 이름까지 새겨진 근사한 조끼였지.
 모든 게 순탄할 줄 알았어. 나는 4성급 우주 여객선에서 까탈스러운 고객들의 옷을 관리하며 각종 세제와 다림질을 섭렵한 적이 있었으니까. 이번에는 한 축구팀의 생활복만 잘 챙기면 될 줄 알았거든. 그런데 웬걸……. 조끼와 출입증을 챙기고 들어서는 순간 숨 막히는 기류를 느꼈어. 그리고 깨닫게 된 변수 세 가지.

- ✓ 첫 번째, 축구 선수 팀 외에도 각 팀의 가족 일원, 주치의, 물리 치료사, 구단주, 영양사, 조리사들이 탑승함. 이게 무슨 뜻이냐 하면, 내가 예상한 물량의 열 배도 넘는 의류를 관리해야 했다는 거야.
- ✓ 두 번째, 세탁실 직원은 나와 유진이라는 친구 단 두 명. 승객용 초고속 대형 세탁기와 건조기도 단 두 대뿐이었어.
- ✓ 세 번째이자 충격적이고 말도 안 되는 변수! 전용선에 포보스팀의 숙적인 데이모스팀이 합승했다는 거야!

도대체 어떻게 된 일인지 형도 궁금하겠지. 데이모스 대표 팀은 달에서 합숙 중이었는데, 전용선이 갑작스런 고장이 난 거야. 그래서 황급히 행선지가 같은 데다 착륙 일정이 딱 맞아떨어지는 다른 우주선을 찾았는데, 그게 하필 포보스팀의 전용선이었던 거지. 현실은 가끔 웬만한 공포 영화보다 오싹한 것 같아. 물론 가족 영화보다 더 가슴 따뜻한 순간들도 있지만 말이야.

형은 뉴스를 다 봤겠지. 경기 당일에 전 우주를 당황시킨 유니폼 사건도. 그래, 맞아……. 내가 바로 이 사건의 한가운데에 있었어. 사고의 배경에는 이런 일들이 있었다는 걸 형이라도 알아줬으면 해.

애증의 역사를 가진 두 축구팀의 합승이 화기애애하지는 않다는 걸 모두 알고 있었지. 그래서 함장까지 포함해서 전용선의 운영진이 그들의 동선이 최대한 겹치지 않도록 머리를 맞대고 일정을 짰어. 식사 시간, 선내 체육관에서의 훈련 시간, 치료 시간, 휴식 시간 등이 맞물리지 않도록 심지어 1시간 이상의 간격을 두고 말이야. 다만 선수들에게도 몸에 익은 루틴이라는 게 있는 데다 이상한 고집들이 있어서, 기어코 정해 준 시간을 어기고 조금 늦게 또는 조금 일찍 방을 나오는 거야.

그렇게 괜히 상대 팀 선수와 마주치고 어깨를 부딪치며 불씨를 키우는 몇몇 선수들이 있었지. 굳이 이름을 언급하지는 않겠지만, 그중 한 명은 형이 입에 침이 마르도록 칭찬한 선수라는 것만 알아 둬.

아무튼 그들은 심지어 멋대로 훈련 시간을 늘리기 시작했어! 경쟁자가 바로 옆에 있으니 이런 일이 벌어진 거야. 땀에 전 그들의 유니폼이 걷잡을 수 없이 쌓여 갔어. 세탁기와 건조기로 감당할 수가 없었지. 세탁실 직원에게 잠잘 시간은 없었어. 선수들은 선수들대로 우리는 우리대로 지쳐 갔지.

그리고 경기장이 있는 지구 주체국 터미널에 도킹하기 하루 전. 초기에 정해 준 일정이 무시된 지는 오래였고, 두 팀은 으르렁대며 우주선에서 마지막 조식을 먹으러 식당에 들어섰어. 몇 시간 뒤에 있을 위대한 경기를 위해 특별히 디자인된 유니폼을 맞춰 입고서. 난 그날 음식 진열대에 날달걀을 올린 사람이 그렇게 미울 수가 없어. 하기야 날달걀이 무슨 죄겠냐마는…….

각 팀에 배정된 뷔페 테이블의 양 끝에 날달걀이 쌓여 있었어. 데이모스팀과 포보스팀의 주장은 모두 날달걀을 좋아하는 사람이었지. 그걸 집으려는 순간 데이모스팀 주장이 포보스팀 주장의 발등에 실수로 (난 그렇게 믿고 있어.) 날달걀을 떨어트린 거야! 거기서 사건은 멈출 수 있었어. 그런데 포보스팀의 다혈질 공격수 A가 그 장면을 선전 포고로 해석하고는 데이모스팀 주장의 발에다 날달걀을 던졌지. 뒷이야기는 상상이 가지? 학교에서나 있을 법한 음식 던지기 싸움이 한바탕 벌어졌지! 부함장과 경비진이 신속하게 나타나 주먹다짐으로 번지기 직전에 사건을 제압했어.

이제 착륙까지 불과 몇 시간. 여러 선내 운영 팀이 이 사건 때문에 곤욕을 치러야 했어. 의료진들은 날달걀을 잘못 맞아 멍이 든 얼굴들을 살펴야 했고, 청소부들은 난장판이 된 식당을 청소해야 했지. 문제는 우리 팀이었어. 달걀로 더러워진 경기 유니폼을 새것처럼 만들어서 돌려줘야 했는데, 이미 세탁기들은 전날의 세탁물을 처리하느라 풀가동 중이었지. 어쩔 수 없이 직원 전용 세탁실에 딸린 소형 세탁기에 모든 옷을 때려 넣고, 기계가 일을 완료할 때까지 잠시 눈을 붙이기로 했어. 수증기 안개에 둘러싸인 세탁실 의자에서. 그동안 우리는 피 끓는 선수들 덕분에 거의 한숨도 자지 못했거든. 그리고 시간이 얼마나 흘렀을까…….

"기요메, 기요메! 일어나 봐요."

얼굴이 하얗게 질린 동료 유진이 입을 벙긋거리며 반짝이는 보라색 옷을 내밀었어. 난 쪽잠에서 막 깨어나 눈을 비비며 말했지.

"정말 멋진 티셔즈네요! 새 옷을 자랑하려고 날 깨운 거예요?"

"기요메, 무슨 색을 섞으면 보라색이 되는지 혹시 알아요?"

"그야 빨강이랑 파랑이죠."

"아아! 아니길 바랐는데……."

유진은 절규하면서 주저앉았어. 나는 그의 반응에 놀라 일어서면서, 그가 가리킨 곳을 바라봤지. 막 건조기에서 꺼낸 수십 벌의 옷들이 건조대에 가지런히 걸려 있었어. 난생 처음 보는 보라색 유니폼들이!

'데이모스팀 유니폼이 파란색, 포보스팀 유니폼이 빨간색이었으니까…….'

그제야 상황을 파악한 나는 뭉크의 그림 '절규'처럼 얼굴을 감싸고 소리 없는 비명을 내질렀어. 유니폼 염료의 문제였는지 세탁제의 문제였는지 따지는 건 무의미했어. 번개를 맞은 듯 정신이 든 나는 시간이 없다는 걸 깨달았지. 곧장 관리사에게 사실을 보고했어. 관리사도 주어진 시간을 고려해서 번뜩이는 눈으로 우리를 한 번 노려봤을 뿐 긴말 없이 양 팀의 감독을 조용히 세탁실로 소집했어.

정말이지 천만다행이었던 건, 두 감독이 식당에서 선수들이 벌인 일을 서로 부끄러워하고 있었다는 거야. 그들은 진정한 어른이었어. 곧 있을 경기를 위해 감정과 에너지 소모를 최대한 줄이고 싶었던 탓도 있었을 테지. 아무튼 덕분에 누구도 헛된 분노를 터뜨리지 않았고 나와 유진, 관리사, 두 감독은 조금 전까지 내가 졸고 있던 긴 의자에 앉아 이걸 어떻게 하면 좋을지 침묵 속에서 고민하기 시작했지. 침묵은 길고 숨 막혔지만, 더없이 겸손한 모습의 우주 대스타급 감독들과 나란히 머리를 맞대던 그 순간은 잊지 못할 거야. 세탁실을 메운 달콤하고 상쾌한 세제 향기. 우리 속도 모르고 명랑하게 팔랑거리던 보랏빛 유니폼들. 그리고 잠시 후, 정적 속에 울려 퍼지던 세탁 완료 알람음.

'삐리리 삐리 삐리리리 삐리······.'

발랄한 알람음에 맞춰, 맞은편 건조기에서 막 세탁을 마친 우주선 직원 조끼들이 벨트를 타고 실려 나와 축구 선수들의 유니폼 옆에 걸렸지. 그 노란색과 초록색 조끼들이 흔들거릴 때, 내 머리에 번개처럼 어떤 아이디어가 스쳤어. 그리고 오래전 영영 잃을 뻔했던 형과 아버지를 우주에서 되찾아 준 신의 손길이 이날도 나를 도왔다는 느낌이 들었어. 나는 방금 떠오른 생각을 찬찬히 곱씹어 본 다음 조심스럽게 제안했어.

"이미 세탁 중인 유니폼들은 경기 전까지 마르지 않을 것 같고, 정식 유니폼은 똑같은 색이 되어 버렸고, 당장 새 옷을 구할 시간도 없으니, 저희 직원 유니폼을 위에 걸치는 건 어떠세요? 등번호는 포장 테이프로 가리고요."

데이모스팀 감독이 고개를 내저으며 말했어.

"그건 너무 황당한데요. 우주선 직원 이름까지 새겨진 조끼를 입고 달리는 축구 선수 본 적 있소? 게다가 이렇게 중요한 경기에 포장 테이프라니!"

그러자 포보스팀 감독이 말했이.

"나는 찬성입니다. 조끼 위의 직원 이름은 작게 새겨져서 멀리서는 보이지도 않을 거고, 선수들 이름은 머리 위에 홀로그램으로 중계 화면에 노출될 테니……. 색깔만 구분되면 충분할 거요. 무엇보다 지금 다른 대안이 없잖습니까?"

이후 벌어진 일을 형도 봤어야 하는데. 손에 든 조끼를 황망하게 내려다보던 선수들의 표정을! 그들은 어느 정도 자기들이 자초한 일이라는 걸 받아들이고 순순히 조끼를 입었어. 단일 사이즈로 넉넉해 대체로 맞았지. 조금 조여 보이는 선수들도 있었지만. 우리는 지구 주체국 터미널 착륙과 동시에 무사히 선수들을 경기장으로 내보낼 수 있었어.

그렇게 모든 우주선 직원은 긴장감과 스트레스로부터 해방되었지. 나는 좀처럼 스트레스를 받는 편이 아닌데도, 그때의 해방감은 이루 말로 표현 못 해.

형은 알지? 내가 축구에는 그다지 관심이 없었던 거. 그런 내가 달라졌어! 우주선 갑판 관리 팀과 내부 관리 팀이 전부 홀에 모여서 중계를 보는데 나도 껴 있었어. 달걀은 하나도 남아나지 않은 관계로, 남은 음식과 음료를 털어 한가득 품에 안은 채 중계방송을 시청했지. 그리고 너무 자연스럽게도 갑판 직원은 자기들의 조끼를 입은 데이모스팀을, 내부 직원은 포보스팀을 응원하는 거야. 나라고 별수 있었겠어. 내 이름이 새겨진 조끼를 입은 포보스팀 어느 공격수를 열렬히 응원했지! 그리고 중계방송에서 흘러나오는 아나운서의 목소리.

"유니폼이 좀…… 색다르군요? 보라색 티에 노란 조끼, 보라색 티에 초록 조끼. 데이모스팀과 포보스팀이 화합한 걸까요?"

정말 그런 것처럼 보였어. 두 축구팀은 서로의 모습이 어처구니가 없다고 생각했는지, 마주 달리는 내내 웃고 또 웃었어. 진지해지려고 꽤나 노력하는 게 엿보였지만, 털이 덥수룩하고 산적 같은 선수가 가슴에 '샐리'(갑판 관리사의 이름)라는 이름표를 달고 있거나, 날다람쥐처럼 작지만 날쌘 선수의 가슴에 '킹콩'(식당 웨이터의 닉네임)이 붙어 있었지. 제아무리 근엄하고 진지한 사람이라도 웃을 수밖에 없을 거야. 조끼 패션은 아주 색다른 충격이었지. 그렇게 빼던 데이모스팀 감독은 조끼를 만든 업체에 연락해서 4년 뒤에 있을 경기 유니폼을 미리 계약했대. 오랜 숙적이었던 두 팀의 화기애애한 경기와 조끼 업체의 판매 실적에 내 지분도 있다고 말하면 과장일까?

그보다, 내 조끼를 입은 선수가 마지막 골을 넣어 포보스팀에게 우승을 선사했어! 그런데 그가 바로 어깨를 부딪쳐 가며 데이모스팀 선수들에게 은근히 시비를 걸던 친구야. 누군지 형은 이제 알겠지.

PS. 지구에서 아르바이트 중인 브루노가 한 박자 늦게 노노그램 사진을 전송해 줬어. 내가 겪은 일을 듣더니, 이번에도 자기의 예언이 맞았다고 우기는데……. 첫째, 브루노는 사전에 아무런 예언을 한 적도 없거니와. 둘째, 나의 일과는 별 상관이 없다고 봐. 형 생각은 어때?

봉봉 스튜디오행
여객선에서 만난 갑판 청소부

로트해트

어째 이번 시즌 태양계 리그의 열기가 식을 줄 모르는 것 같다. 수개월 전에 마지막 경기가 끝났는데도 여전히 출전 선수들의 포토 카드가 불티나게 팔리고, 데이모스팀과 포보스팀이 입고 등장했던 요상한 조끼가 유행을 타고 있다. 난 역시 대세나 유행과는 영 맞지 않다는 걸 또 한 번 느끼고 있다.

모두가 화기애애한 여운에 젖어 있을 때, 난 일이 틀어져 티프타우헨 함장의 다섯 번째 우주 함선을 탈 수 있는 기회를 날려 버렸기 때문에 한동안 몹시 울적했다. 티프타우헨 함장의 족적을 따라다니면서 알게 된 친구가 그의 다섯 번째 함선이 마침내 어느 위성에 정박해 박물관으로 개조 중이라는 사실을 귀띔해 줬었다. 나는 함선이 인위적인 공공건물로 바뀌기 전에 날것의 모습을 보고 싶었다. 그러나 그 귀한 기회는 물 건너갔고, 홧김에 봉봉 스튜디오행 여객선 티켓을 끊었다!

봉봉 스튜디오는 아이들의 천국이리 불리는 화성 인공위성에 있는 테마파크로 그 인기는 익히 들어 알고 있었다. 내가 끊은 우주 여객선은 지구 발트해 항구에서 출항해 아이들, 학생들, 연인들, 아이를 동반한 부모들을 스튜디오로 데려다줄 터였다. 다 큰 어른인 내가 혼자 탑승했을 때 얼마나 튈지는 미리 걱정하지 않기로 했다. 내가 테마파크나 유원지라면 질색한다는 사실조차도. 요즘 들어서 나는 어쩐지 모든 게 무료하게 느껴져 활력을 줄 새로운 시도가 필요했다. 시끄럽고 사람이 많은 곳은 딱 질색이지만, 안전지대를 벗어날 필요가 있었다.

그러나 정작 나는 달 터미널을 경유하는 봉봉 스튜디오행 우주 여객선에 몸을 실은 채 며칠째 객실에 박혀만 있었다. 홀로그램 장작을 피워 놓고 불멍을 때리면서. 멍하니 있는 시간이 길었는지, 객실을 나와서도 기둥에 부딪치거나, 출처 모를 생채기를 얻거나, 물건을 떨어트리거나 했다. 그러다가 절대 흘리지 말아야 할 것까지 흘리고 말았다! 내 일기장을 잃어버리고 만 것이다…….

나는 일기장을 찾아 헤맸다. 문득 여객선의 중앙홀에 아이들이 잔뜩 모여 있는 걸 보았다. 재미있는 일에 굶주려 있던 그 아이들은 종이로 된 내 일기장을 주워 들고는 신기하다는 듯 이리저리 들추며 들여다보았다.

"이게 대체 뭐야?"

그러더니 하나둘 모여들어 내 소중한 일기장을 농구공처럼 던지며 놀기 시작했다. 처음엔 그런 천진난만한 구석을 귀엽게 봐 주며 놀이에 끼었다. 적당히 장단을 맞춰 주다가 최대한 자연스럽게 되찾는 게 계획이었는데……. 내 손이 닿기도 전에 녀석들은 일기장을 홀 모퉁이의 은색 원통에 던져 넣었다. 그게 골대라고 상상한 모양이었다. 어찌 된 영문인지 몇 초 뒤에 나의 일기장은 창밖의 우주로 두둥실 떠가고 있었다!

"내 일기장!"

나도 모르게 큰 소리로 외쳤다. 아이들은 무슨 일을 저질렀는지 깨닫고는 당황하여 머뭇거렸다. 그러다 느닷없이 울기 시작했다. 울고 싶은 건 나였는데! 엄밀히 말하면 그들도 통제하기 어려운 성장 에너지의 피해자라 할 수 있었다. 내 일기장이 우주선 밖으로 빠져나가 버릴 줄 몰랐을 거다. 그러나 나는 아이들의 사정을 헤아릴 여유가 없었다.

"너희가 왜 울어! 당장 내 일기장을 찾아와. 안 그러면 경비원을 부를 거야!"

나의 무시무시한 경고에 아이들 중 몇은 제 부모를 찾아서 달려갔고, 몇은 묵묵히 내 분노를 받아 주며 어떻게 해야 좋을지 망설였다. 그때 어디선가 '푸쉭' 하고 바람 빠지는 소리 같은 게 들렸다. 그러더니 때 묻고 빛바랜 파란 작업복을 입은 남자가 한 손에 내 일기장을 들고서 나타났다.

"이 종이책 주인은 누구죠?"

나는 한달음에 달려가 일기장을 낚아챈 다음 떨어져 나간 데는 없는지 샅샅이 훑었다. 나행히 일기징은 무시했다. 작업복을 입은 남자는 자기가 우주 여객선의 갑판과 외판을 닦는 청소부이며, 외판을 닦다가 수리 중인 배관을 타고 이 희귀한 물건이 튀어나온 걸 보고는 잡아챘다고 말했다. 나는 자초지종을 설명하려고 주위를 둘러봤는데 중앙홀은 어느새 텅 비어 있었다.

"애들이 그랬나 보죠? 분명 몰라서 그랬을 거예요. 그러려니 하세요."

"그쪽 귀중품이었어도 그렇게 말할 수 있을지 궁금하네요."

일기장은, 조금 과장하자면 내 몸만큼이나 소중하다. 여러분이 세상에서 가장 아끼는 친구, 가족, 반려견, 반려묘, 반려 식물 등을 상상해 보길. 내게 일기장은 바로 그런 존재다. 유난이다 싶어도 어쩔 수가 없다. 그 순간 나는 거의 죽다 살아난 기분이었고, 봉봉 스튜디오에 뜬 무지갯빛을 즐길 마음이 완전히 식어 버린 관계로 곧장 다음 역에서 하선하기로 마음을 바꿨다.

나는 청소부를 돌아서서 중앙홀 창구 직원에게 다가가 다음 경유지까지 얼마나 걸리는지 물었다. 그리고 직원의 안내에 따라 창구 옆 터치스크린에서 다음 정거장에 내릴 승객이 있음을 알리는 버튼을 찾았다. 왕복 우주선이었기에 가만히 타고 있으면 도로 달 터미널로 돌아갈 수 있었지만, 나는 조금이라도 빨리 아늑한 내 보금자리로 가고 싶었다. 무서울 만큼 고요하고, 어렸을 때는 뛰쳐나오고만 싶던 그 단칸방이 이렇게 그리워질 줄이야! 확실히 나는 어떤 인생 변곡점에 다가가고 있는 듯했다. 내 모습을 가만히 지켜보던 청소부가 다가오는 게 느껴졌다. 시큼한 우주선 금속성 냄새, 세제 향 같은 것들이 섞여서 그와 함께 딸려 왔다.

"설마 다음 역에서 내리려고요? 그 바로 다음이 우주 최고의 테마파크인데! 차나 한잔하고 생각해 봐요. 기관실 쪽으로 가면 여기 직원들만 아는 작은 찻집이 있답니다. 거기에 종이로 만든 오래된 책도 많고요. 당신은 종이를 좋아하죠?"

기관실, 차, 오래된 책. 그 세 단어는 나의 자제력을 돌이키는 코드라도 되는 것처럼 마법 같은 힘으로 내 분노를 누그러뜨렸다. 그리고 짧은 순간의 혼란과 한동안 안개처럼 따라다니던 몽롱함에서 막 벗어났을 때, 나는 이미 기관실로 내려가는 계단을 내달리고 있었다.

기관실로 향할수록 주변은 조금씩 어두워졌다. 사방에서 울리던 승객들의 목소리도 희미해지고 우주선의 삐걱거리는 숨소리만이 들려왔다. 엔진의 열기를 식히는 장치, 그리고 여러 종류의 탱크와 볼트와 파이프들이 눈에 들어왔다. 나는 우주선의 은밀한 폐부와 심장부 사이 어디쯤 와 있었다. 길을 헤매고 있을 때,

연료 타는 냄새 너머로 고소하고 달콤한 차 향기가 희미하게 났다. 그 향기를 쫓은 끝에 발견한 찻집은 그야말로 비현실적이었다.

웅장한 두 파이프 기둥 틈에 초록색 페인트칠이 된 나무 현관이 보였다. 문 위의 스테인드글라스에서 흘러나온 빛이 어둑한 기관실 복도를 오색 빛으로 물들이고 있었다. 차 향기는 창 옆에 난 작은 파이프에서 나오고 있던 것이다. 삐걱거리는 문을 열고 들어가자 볼이 발그레한 인상 좋은 주인이 나를 반갑게 맞아 주었다. 그 뒤로 기관실 인부 몇이 식사 중인 게 보였다. 올리브유에 볶아 부드러워진 채소와 후추를 뿌린 스크램블드에그, 그리고 각종 곡물이 너그럽게 박힌 빵을 차와 함께 누리고 있었다. 바로 오른쪽 면에서부터 마주 보이는 벽까지 늘어선 책장에는, 청소부가 얘기해 준 그대로, 딱 보아도 몇 세기는 됐을 법한 낡은 종이책이 가득 꽂혀 있었다! 그 암갈색 책장 밑으로 붓꽃 문양의 직물로 된 기다란 소파가 가로놓였으며 왼편에는 부채꼴 형태의 조리 공간이 유리창을 경계로 성스러운 영역처럼 구별되어 있었다. 내 시선은 요리할 때 생기는 연기를 내보내는 파이프로 향했다. 기다란 파이프는 천장을 가로질러 문밖으로 나 있었다. 그리고 문에서 조금 떨어진 곳에 채소와 찻잎이 가지런히 놓인 가판대가 대지의 여신 가이아의 보물함처럼 세워져 있는 것이었다.

내가 들어서자 사람들은 놀라는 눈치였다. 순간 우주선 관계

자들의 아지트를 침범했다는 걸 깨달았다. 그러나 인자한 주인은 난처해하는 기색 없이 부드러운 목소리로 환영해 주었다.

"오늘은 손님이 둘이나 찾아와 주셨네요! 어서 들어오세요."

눈을 굴리니 한쪽 구석에 나처럼 외부인인 듯 보이는 노신사가 자신의 태블릿을 들여다보며 조용히 티타임을 즐기고 있었다.

"자, 서 있지 말고 어서 들어와서 드실 걸 골라 보세요."

나는 환대에 고마움을 느끼며 가판대에 놓인 채소를 들여다보았다. 이내 시장기가 돌았다. 내가 피망, 아스파라거스, 감자를 골라 또박또박 주문하자 주인은 어떻게 지구의 채소들을 그렇게 잘 아느냐며 칭찬했다. 그건 모두 삼촌 덕이었다. 주인은 내가 고른 채소를 바구니에 담더니 경쾌한 발걸음으로 조리실에 들어가 마술봉을 휘두르듯 프라이팬에 기름을 둘렀다. 스크램블드에그가 자글거리는 소리와 주인의 콧노래가 섞일 때, 나는 천상의 듀엣이라도 듣는 것처럼 황홀한 기분이 되었다. 주이이 나를 위한 요리를 해 줄 동안 나는 연회에 초대된 귀부인이라도 된 듯 뒷짐을 지고서 찬찬히 이 매력적인 공간을 둘러보았다. 구석에 있던 노신사가 이 공간에 흥미를 느끼는 나를 뒤늦게 발견하고서 입을 열었다.

"이렇게 많은 책을 한꺼번에 볼 수 있는 곳은 아마 지구의 대우주도서관 다음으로 여기뿐일 겁니다."

내가 관심을 보이며 그를 바라보자 노신사는 말을 이었다.

"사실 이 여객선은 지구의 물건들을 안전한 곳으로 운반하던

화물선이었는데, 동서우주 전쟁 때 거의 모든 물건이 유실되고 책이 있던 이 창고만 무사했다고 하지요. 지혜로운 지구 사람들이 책을 보관하던 컨테이너를 가장 안전하게 만들었기 때문입니다. 하지만 그런 사람들이 왜 종이라는 것을 그렇게 오래 사용했는지는 의문입니다. 좀 더 빨리 모든 종이책을 전자 문서로 옮겨 두었다면 중요한 기록이 물이나 불에 훼손되는 일도 없었을 텐데 말이지요."

노신사는 태블릿에 뜬 조간신문 화면을 손으로 톡톡 치며 말했다. 그것은 동공 인지 센서를 통해 눈의 움직임만으로 화면을 넘길 수 있는 장치로 근래 들어 누구나 하나쯤은 갖고 있는 것이었다. 불이나 물에 상하지 않는 소재로 만들어진 데다 용량도 넉넉해서 사람들은 모든 문서를 태블릿에 담아 다녔다. 나는 그의 말이 옳다고 느끼면서도 종이로 된 일기장을 들고 있는 스스로를 변호하기 위해 몇 마디 해야겠다는 생각이 들었다.

"지구의 사람들은 손으로 종이를 넘기며 자신이 어디쯤 읽고 있는지를 알 수 있었다고 해요. 책의 부피감으로 자신이 여전히 앞쪽을 읽는지 거의 끝에 다다랐는지 알 수 있는 거죠. 손끝으로 느끼면서 말이에요."

노신사는 천천히 눈을 깜빡거리더니 말했다.

"그랬겠군요……. 당신에게 차를 한잔 사고 싶습니다. 이 집은 요리만 맛있는 게 아니라 차 맛이 우주 최고랍니다."

주인이 대화를 듣고 있다가 말했다.

"칭찬 고맙습니다, 호퍼 선생님. 참, 호퍼 씨는 선생님이세요. 매년 이맘때면 봉봉 스튜디오로 학생들을 데리고 오시지요. 겸손하고 싶지만 정말 그런 걸 어쩌겠어요. 우리 집 찻잎은 모두……."
"태양에 말린 국화차인가 보죠?"
나는 익숙한 차 향기를 알아차리고는 신이 나서 외쳤다.
"당신은 모르는 것이 없군요!"
호퍼 씨가 맞장구쳤다.

나는 찻집에 매료되어 봉봉 스튜디오에 도착하는 날까지 매일 들렀다. 그때마다 이곳의 어른들은 나의 철없음을 향기로 덮어 주었다. 그것도 사과 향이 섞인 달콤한 국화차의 향으로. 나는 주로 호퍼 씨 옆 테이블에 앉아 천천히 차를 마셨다. 몇 번 찻집에 왔었다고 그새 종이 일기장에 차 냄새가 배었다.
'당신은 종이를 좋아하죠?'
문득 그렇게 묻던 갑판 청소부가 떠올랐다. 곱슬머리와 어딘지 김이 빠진 듯한 동시에 낙천적인 기운이 감돌던 목소리. 그는 어떻게 내가 이 찻집을 좋아할 줄 알았을까? 나는 한눈에 취향이 파악되는 사람인가.
"이제 올라가 봐야겠습니다. 잠시 후면 봉봉 스튜디오에 도착할 텐데, 우리 학생들은 먼저 입장하고 싶어 안달일 테니까요."
호퍼 씨가 정중하게 나와 주인, 그때까지 식사 중이던 인부들한 명 한 명에게 인사를 하고 나갔다.

"당신도 올라가 보지 그래요."

주인이 내게 말했다.

"놀이동산보다 여기기 좋은데요. 여길 떠나고 싶지 않아요."

정말 그랬다. 주방 보조로 이곳에서 남아 있는 여생을 보내면 어떨까 상상해 보기까지 했으니까. 그러나 그것도 잠시. 나는 5분 정도 간신히 앉아 있다가 결국엔 조바심을 치며 자리에서 일어나야 했다. 놀이기구로 가득한 어린 왕자의 별 같은 봉봉 스튜디오를 목격한 아이들의 함성이 밑 칸까지 울려왔기 때문이다. 얼마 전까지만 해도 공포스럽던 소리가 이제 내 심장을 뛰게 하고 있었다. 차향과 종이의 질감과 다정한 미소의 힘이 이렇게 사람을 바꾸어 놓았다.

인파에 섞여 입장한 봉봉 스튜디오. 아, 아름다운 전구 빛과 공중을 떠다니던 열기구들을 여러분도 봐야 하는데! '봉봉 스튜디오'는 이름에 걸맞게 거대한 사탕 봉지처럼 온통 반짝거리고 있었다. 보랏빛 우주를 배경으로 노랑, 주황, 초록 전등에 불이 들어왔다. 테마파크 횡단 열차가 입구 뒤에서 연기를 뿜으며 우주선에서 막 내린 승객들을 태울 준비를 했다. 놀이동산이 숨을 쉬기 시작하자 흥분한 아이들은 보호자들이 나눠 주는 동전을 빼앗듯이 받아서 '봉봉 스튜디오에 오신 여러분을 환영합니다!' 라고 써 있는 입구를 향해 뛰었다. 어른들은 고개를 저으면서도 아이들이 좋아해 주니 내심 기쁘다는 미소를 띠면서 뒤따라 들어갔다. 저 앞으로 찻집에서 만났던 호퍼 씨와 그의 학생들도 보였다. 나도 눈치껏 환전 기계에서 동전을 몇 개 뽑아 설레는 마음으로 놀이기구들을 둘러보았다.

- 봉봉 스튜디오를 즐기는 방법 -

봉봉 스튜디오에서는 디지털 화폐를 '동전'이라는 구릿빛 화폐로 환전해야만 놀이기구 이용이 가능하다. 여기서 제일 인기가 많은 놀이기구는 당연히 폭발하는 지구에서 탈출하는 상황을 생생하게 연출한 롤러코스터 '지구 탈출'이다. 격한 놀이기구가 내키지 않는다면 잔잔한 맛이 있는 '회전목마'와 '원형 관람차'도 있다. 그게 또 너무 시시하게 느껴진다면, '날으는 페가수스'나 '날으는 나비' 또는 '오르락내리락 열기구'를 추천한다. 이 밖에도 수십 개에 달하는 아름답고 기발하고 엉뚱한 놀이기구들이 있는데, 모두 아이들의 상상력으로 만들어졌다.

나는 '지구 탈출' 앞의 긴 줄에 질려, 오락실 구간을 먼저 둘러보기로 했다. 그러다 물총으로 목표물을 명중시키면 커다란 오리 인형을 주는 게임장 앞을 지날 때였다. 파란 모자를 쓴 남자가 형편없는 사격 실력으로 모든 과녁을 벗어나고 있었다.

'작정해도 저렇게 못 맞추기는 힘들 텐데……'

이런 생각을 하며 남자의 뒷모습을 보는데, 모자 밑으로 삐져나온 곱슬머리가 낯익었다. 다름 아닌 일기장을 찾아 준 청소부였다.

"나오셨군요!"

내가 미처 고맙다는 인사를 못 한 게 마음에 걸려서 망설이는 사이에, 그가 나를 알아보고 인사했다. 가무잡잡한 피부, 진한 눈썹, 나랑 비슷한 진갈색 눈동자, 장난기 어린 입.

"정말 근사하죠? 여기엔 그 지긋지긋한 홀로그램도 없어요. 전부 온몸으로 직접 즐길 수 있죠."

종이에 대해서도 알고, 홀로그램보다 물성을 가진 사물을 좋아하고, 자기에게 퉁명스럽게 굴었던 사람도 환대해 주는 청년이라……. 나는 은근슬쩍 그를 내 블로그 위임자 후보 명단에 올리고 가능성을 따져 보기 시작했다.

"잠깐, 잠깐만. 설마 동전을 그렇게 조금 뽑아 온 거예요? 처음 온 티를 내는 거 아녜요? 여기에 탈 게 얼마나 많은데! 내 것을 좀 나눠 줄게요. 매번 너무 뽑아서 남기거든요."

그가 내 조그마한 동전 주머니를 보더니 말했다. 초행길인 걸 티냈나? 나는 졸지에 그를 따라 놀이동산을 샅샅이 누비게 됐다. 대체로 청소부 청년이 신이 나서 놀이기구에 올라타면 내가 멀찍이 팔짱을 낀 채 엄마처럼 흐뭇하게 바라보는 식으로 흘러갔다. 간식이나 기념품에는 동전을 좀 썼다. 머리 위에 각종 동물 귀를 만들 수 있는 홀로그램 머리띠와 ('홀로그램이 아예 없는 건 아니었네요.' 하고 청소부 청년이 말했다.) 은하수 무늬를 품은 사탕 꼬치, 행성 열쇠고리 등등. 그때 건진 봉봉 스튜디오의 사탕 캐릭터 펜던트는 지금도 잘 간직하고 있다.

우리는 몇 시간을 돌아다니다가 쉴 곳을 찾아 헤맸다. 그러다 '거지 노인과 동전 아이'라는 간판이 달린 마리오네트 인형 극장을 발견했다. 간판 아래로 진한 분장을 한 광대 두 명이 입장하는 아이들에게 (그리고 아이가 아닌 우리들에게도) 팝콘과 음료를 나눠 주었다. 텐트 안의 자리는 듬성듬성 비어 있었고, 막이 오르기 전 내부는 어둡고 고요했다. 청소부 청년은 막간을 이용해 자기 이름이 기요메라고 소개했다. 우리는 여태 자기소개도 하지 않은 채 어울렸던 거다!

"평소에는 포어슈텔룽호의 갑판을 청소하며 보내는데, 이번에 장기 정비에 들어가서요. 그럴 때 저는 반드시 봉봉 스튜디오행 우주 여객선의 빈자리를 먼저 검색해요. 저한테는 꿈의 직장이거든요."

기요메가 자랑스러운 듯 말했다. 나는 미안하지만 포어슈텔룽호는 처음 들어 본다고 했다.

"내가 뭘 잘못 들었나. 포어슈텔룽호를 모른다고요? 태양계 우주 함선 상위 10위에 드는 우주선을? 조만간 레드뱅가드호를 꺾고 1위를 차지할걸요. 성능이 계속 업그레이드되고 있거든요. 이번 정비를 마치고 나면 속도도 훨씬 빨라질 거예요.''

'굉장하네요!'라고 맞장구치려던 순간, 빛이 '팡' 하고 켜지며 내 감탄사가 묻혀 버렸다. 이어서 입구를 지키던 광대 두 명이 무대 앞으로 나오더니 환호하는 아이들을 능숙하게 진정시켰다. 그리고 강렬한 눈빛과 몸짓, 목소리로 관객을 휘어잡았다.

광대1: 옛날 어느 외딴 마을에 한 거지 노인이 있었습니다.

광대2: 때는 무더운 여름 오후였지요.

광대1: 그래요. 아주 무덥고 무더운 오후였습니다…….

그리고 그들 머리 위로 떨어지던 조명이 인형들이 있는 무대로 방향을 틀더니 스르륵 막이 열렸다.

거지 노인과 동전 아이

거지 노인은 아무도 동전 한 닢 주지 않자 크게 낙담했습니다. 사실 이런 날이 처음도 아니었는데 그날따라 마음이 무너져 내리는 듯했습니다. 엎친 데 덮친 격으로 비까지 쏟아졌습니다. 비를 피해 걷다 보니 어느새 날은 어두워졌죠. 노인은 빛이 새어 나오는 건물로 슬그머니 들어갔습니다. 그곳은 다름 아닌 교회였습니다. 그는 작은 예배당 가운데 세워진 십자가 앞에 엎드려 다른 사람들을 따라 기도했습니다. '밑져야 본전이지' 하는 심정으로 말이죠.

'하나님, 제게 부디 동전 한 닢만 주십시오. 벌써 며칠째 굶어 이제는 구걸할 힘도 남아 있지 않습니다.'

그의 기도가 끝나기도 전에 앞에서 땡그랑 소리가 들리더니 동전 한 닢이 데구르르 굴러왔습니다. 노인은 그 소리가 자기 귀에 하도 크게 들려서 주변 사람들도 당연히 들었을 거로 생각했습니다. 하지만 어느 누구도 제 동전인가 살피려고 고개를 돌리는 사람이 없었습니다. 거지 노인은 그것을 주인 없는 동전, 하나님이 내려 주신 동전이라고 여겼습니다.

'감사합니다!'

노인은 십자가 앞에 허리를 숙여 감사를 표하고는 쏜살같이 예배당을 빠져나가 가까운 빵집을 찾았습니다. 그러나 날이 저물어 빵집은 물론 우유 한 잔 얻어 마실 가정집도 모두 문을 걸어 잠근 상황이었지요. 그는 다음 날 아침을 기약하며 근처 나무 밑 푹신한 잔디에 자리를 잡고 누웠습니다. 아기를 품에 안듯 동전을 품고서 말이에요.

다음 날 아침이 됐습니다. 그는 동전을 쥐고 있던 자신의 손이 조금 두둑해진 것을 느꼈습니다. 손을 펴 보니 동전의 뒷면에 엄지손가락만 한 크기의 발가벗은 아기가 붙어 있었습니다!

'내가 잠에서 덜 깼나?'

그는 두 눈을 비비고 밝은 곳에 동전을 대고서 다시 내려다보았습니다. 그것은 분명히 작은 남자 아기였습니다. 그는 아기를 손가락으로 조심스럽게 잡아당겨 동전에서 떼려 했죠. 하지만 잠에서 깬 아기가 고통스러운 듯 비명을 질렀습니다.

"아프다고요!"

노인은 기겁을 하며 동전을 아니 아기를 도로 내려놓았습니다.

'분명 살아 있는 아기다!'

노인은 제 머리가 이상해졌다고 생각해서 다시 잠을 청했습니다. 그렇게 또 하루가 지났습니다. 그러자 이번에 아기는 노인의 손바닥만큼 커져 있었습니다. 그리고 아기 등에 붙어 있던 동전도 작은 튜브처럼 부풀었죠.

'이게 꿈이라면 분명 좋은 꿈이다. 아기와 함께 동전도 커지고 있으니.'

셋째 날이 되자 아기는 노인의 팔뚝만 해졌습니다. 아기가 초롱초롱한 눈으로 노인을 똑바로 올려다보며 이렇게 말했습니다.

"배고파요!"

노인은 자기의 누더기를 찢어 아이를 감싼 다음, 가끔 밥을 얻어먹던 인심 좋은 라스무스네 집으로 갔습니다. 그러나 부쩍 여윈 라스무스는 곤란하다는 듯 거지 노인을 바라보며 말했습니다.

"죄송하게 됐습니다, 영감님. 이제는 그만 찾아오세요. 저희도 형편이 전 같지 않아서요."

때마침 아기가 울기 시작했습니다. 라스무스의 아내가 노인의 품에 있던 아기를 발견하고는 남편을 밀어내더니 집으로 안고 들어가 자신의 젖을 물렸습니다. 라스무스는 머쓱해져서 문간에 서 있던 노인을 부엌으로 들여 자신이 먹던 빵을 떼어 주었습니다. 노인은 한동안 그렇게 아기의 덕을 보며 생계를 유지할 수 있었습니다. 그러나 그의 마음은 여전히 아기보다도 등에서 점점 커지는 동전에 가 있었지요.

"아기를 최대한 크게 키워야겠다! 그럼 저 동전도 커다란 금덩이가 되겠지. 그런 다음 떼는 방법을 찾아도 늦지 않을 거야."

아기가 어느덧 일곱 살 아이가 되었습니다. 거지 노인은 동냥하여 얻은 천으로 아이에게 더 큰 옷을 입혀 주고 등에 붙은 금덩이를 아무도 보지 못하도록 가렸습니다. 사람들은 아이를 '꼽추'로 여겨 둘이 나란히 구걸을 하면 아이에게 더 많은 돈을 주기도 했습니다. 여러모로 아이는 거지 노인에게 복덩이였습니다. 그러던 어느 날, 비가 내리는 여름 저녁이었습니다. 검은 옷을 입은 남자가 마을에 나타나 이 집 저 집 문을 두드리며 이렇게 묻고 다니기 시작했습니다.

"7년 전 잃어버린 저의 동전을 찾으러 왔습니다."

그 모습을 우연히 보게 된 노인은 자신이 아이를 발견한 햇수를 헤아려 보았습니다. 아니나 다를까 그것은 딱 7년 전이었습니다. 그는 빠른 걸음으로 움막으로 돌아가서 자고 있던 동전 아이를 깨웠습니다.

"이 자리에 더 이상 머물러선 안 되겠다."

"왜요, 아버지? 저는 라스무스 삼촌이랑 멀어지기 싫어요."

"잔말 말고 따라오거라!"

그는 모든 짐을 챙겨서 강 건너에 있는 숲으로 들어가 새 움막을 짓고 그곳에 숨었습니다.

1년이 지나 다시 여름이 되었습니다. 아이는 무럭무럭 자랐고 등에 붙어 있던 동전도 더욱 커져서 이제는 큰 금덩이가 되었습니다. 어느 날 검은 옷을 입은 남자가 또다시 마을을 찾아와 집마다 문을 두드렸습니다.

"8년 전 잃어버린 저의 동전을 찾습니다."

막 빵과 우유를 사 오던 거지 노인이 그 모습을 보고는 허겁지겁 숲속 움막으로 돌아왔습니다.

"아버지, 저도 밖에 나가고 싶어요!"

"잠자코 내 말대로 하거라!"

이제 노인은 아이를 숲 밖으로 아예 나오지 못하도록 했습니다. 그러면서 아이의 눈을 바라보며 속으로 이렇게 생각했습니다.

'동전이 내 것이라면 이 아이도 분명히 내 것이다. 누구도 내게서 아이를 빼앗아 갈 수 없다.'

또 한 해가 흘러 여름이 왔습니다. 동전 아이를 발견했던 날처럼 비가 쏟아졌죠. 아이는 아홉 살이 되었습니다. 그사이 노인의 키가 줄어든 탓에 이제 둘은 엇비슷해졌습니다. 그리고 아이는 등의 금덩이 때문에 걷기가 힘들 지경이 되었습니다.

"아버지, 제발 부탁이니 한 번만 마을 구경을 하게 해 주세요. 1년 내내 꼼짝 못 하고 있자니 너무 괴롭다고요! 몸도 점점 더 무거워지고 있어요. 조금이라도 걸을 수 있을 때 마을을 보고 싶어요."

노인은 애걸하는 아이가 딱하게 여겨졌습니다.

"그럼 잠깐만이다."

노인은 아이의 곁에 바짝 붙어 서서 사방을 두리번거리며 마을을 한 바퀴 돌았습니다. 그를 알아보고 인사를 건네는 사람들에게는 대꾸도 하지 않았으며, 그들을 가엾게 여겨 먹을 것을 챙겨 주는 사람들의 호의도 모른 체 했습니다.

'이제 저 통나무 다리만 건너면 다시 우리의 움막이 있는 숲이다! 올해는 그 검은 옷을 입은 남자가 보이지 않는군. 마주치지 않아서 다행이야.'

노인이 이런 생각을 하며 동전 아이와 함께 나무다리를 건널 때였습니다. 맞은편 숲에서 검은 옷을 입은 남자가 나타나더니 다리를 향해 걸어왔습니다.

'누군가 내 움막에 관해 얘기를 한 모양이군.'

노인은 몸이 굳고 다리가 후들후들 떨렸지만 이대로 돌아섰다가는 오히려 의심을 살 것 같아서 가던 길을 갔습니다. 그가 아이의 손을 꼭 잡고 마주 오는 검은 남자의 곁을 지나칠 때였습니다. 남자가 노인에게 물었습니다.

"영감님, 저는 9년 전 이 마을에서 잃어버린 동전을 찾고 있습니다. 혹시 못 보셨습니까?"

노인은 애써 마음을 가다듬고 대답했습니다.

"참 별난 걸 묻고 다니는 양반이네. 굴러다니는 동전이 어디 한두 개인가? 어쨌거나 나는 본 적 없수다."

검은 옷을 입은 남자는 아무것도 눈치채지 못하고 꾸벅 인사를 하고서 돌아서려 했습니다. 노인은 자기의 동전을 노리는 사람이 대체 어떤 놈인지 문득 궁금해져서 남자의 얼굴을 똑바로 올려다봤습니다. 하지만 노인은 이내 후회하고 말았습니다. 그 검은 망토 밑에는 시커먼 어둠만 있을 뿐 아무런 얼굴도 보이지 않았기 때문입니다…….

노인은 피가 증발하는 듯한 한기를 느끼며 걸음을 재촉해 다리를 마저 건너려고 했습니다. 그때 하늘에 주룩주룩 내리던 비가 뚝 멈추더니 호수의 수면이 거울처럼 깨끗해졌습니다. 거울 같은 수면 위로 태양이 반짝 비치는 듯했죠. 그러나 그것은 태양이 아니라 아이의 누더기 밑에 감춰져 있던 금덩이였습니다. 그것을 본 검은 옷을 입은 남자가 발길을 우뚝 멈추더니 얼음처럼 차가운 목소리로 말했습니다.

"네놈이었구나……."

노인은 아이의 손을 잡고 힘껏 내달렸습니다. 그러나 여름마다 비에 흠뻑 젖는 바람에 약해질 대로 약해진 나무다리가 동전 아이의 금덩이 무게를 이기지 못하고 '우지끈!' 끊어지고 말았습니다. 그대로 아이와 노인은 강물에 풍덩 빠졌습니다. 노인이 아이를 끌어 올리려고 애썼지만, 아이는 등의 금덩이 때문에 밑으로 하염없이 가라앉았습니다. 그 순간 노인이 기도했습니다.

'하나님, 이제 동전이고 금덩이고 다 필요 없습니다. 불쌍한 아이를 살려 주십시오!'

그러자 노인 안에 뒤늦게 싹튼 사랑의 마음을 발견한 하나님은 노인의 기도를 들어주었습니다. 그들은 누구도 쫓아올 수 없는 하늘의 별이 되었답니다.

갑자기 무대를 비추던 조명이 꺼지며 양쪽 끝에 서 있던 광대가 커튼 옆에 매달린 금색 끈을 잡아당겼다. 천막의 천장이 부채 접히듯 좌라락 소리를 내며 젖혀졌다. 그 틈으로 별빛이 쏟아져

들어왔다. 처음엔 흐리게 보이던 별들이 점차 뚜렷하게 시야에 차고 다시 두 광대가 나타나 속삭였다.

광대2: 저기 커다란 금빛 별이 바로 동전 아이의 등에 붙어 있던 금덩이죠.

광대1: 그리고 그 앞에 나란히 이어진 세 개의 별이 바로 동전 아이입니다. 아이를 향해 팔을 뻗고 있는 듯한 다섯 개의 희미한 별은 거지 노인의 별자리고요!

광대2: 그들의 왼편에 보이는 어두운 성운은 아이와 노인을 쫓던 검은 옷을 입은 남자의 그림자랍니다.

누굴까. 저 별들과 성운에다 이런 이야기를 지어 붙인 사람은. 나는 이쯤에서 기요메도 눈을 빛내며 하늘을 바라보고 있을 거로 생각했다. 그러나 고개를 돌려 바라본 기요메는 푸른 별빛 아래서 왜인지 모를 슬픈 표정을 하고 있었다.

폐장까지 한 시간 정도가 남았다. 아이들은 아쉬워하며 다시 우주 여객선의 객실로 돌아갔다. 어깨 너머로 잊지 못할 봉봉 스튜디오를 돌아보고 또 돌아보면서. 그들은 분명 오늘 밤 꿈에서도 놀이기구들을 타고, 솜사탕을 맛볼 것이었다.

"여기 올 때마다 빠트리지 않고 맨 마지막에 타는 게 있어요."

기요메가 놀이공원의 반대편을 가리켰다. '오르락내리락 열기구'라는 간판이 내걸린 탑승장 너머로 퀼트 천으로 만든 듯한 각종 문양의 열기구들이 노란 불빛을 띠며 하나둘 공중으로 떠오르고 있었다. 나는 시시해 보인다는 표정을 지었다.

"평범한 열기구가 아니에요. 자신의 진짜 마음을 알게 해 주는 아주 특별한 열기구죠."

기요메가 황급히 덧붙였다.

"거짓말 탐지기라도 달려 있나? 아니면 진실의 입 같은 거라도?"

"직접 확인해 봐요."

우리는 마지막 동전을 열기구 티켓 머신에 밀어 넣었다. 그리고 9번 숫자가 적힌 열기구에 올라탔는데, 몇 분을 가만히 서 있어도 움직일 기미가 보이지 않았다. 반면 우리 주변의 8번과 10번 열기구는 깔깔거리는 사람들의 웃음소리와 함께 두둥실 떠오르는 게 아닌가.

"우리 쪽은 고장인가 봐요."

"저 웃음소리가 바로 답이에요. 오르락내리락 연기구는 말하는 사람의 감정을 읽고 움직이는 열기구예요. 즐거운 얘기를 하면 올라가고, 무거운 얘기를 하면 내려오고. 얼른 즐거웠던 얘기 해 봐요. 출발하게."

기요메가 의미심장한 미소를 지으며 말했다. 완전히 덫에 걸린 심정이었다. 나는 재담꾼이 아니다! 내가 입담이 좋은 사람이었다면 애초에 블로그는 시작하지도 않았을 거다. 소중하고 고마운 순간을 잊지 않기 위해서 열심히 기록을 남겼지만, 그걸 외우고 다니지는 않았다. 기요메가 재촉했다.

"어서요!"

"아, 알았어요. 뭐가 있을까……."

외투 안주머니에 넣어 둔 일기장을 치트 키로 쓸까 하다가, 최대한 머리를 쥐어짜 보기로 했다.

"그쪽이 기관실의 찻집을 소개해 줬죠? 정말 너무 좋았어요."

"그럴 줄 알았어!"

그러자 열기구가 '덜커덩' 하더니 정말 두둥실 떠오르기 시작했다. 나도 모르게 아이처럼 손뼉을 치며 좋아했다. 열기구는 더 활력 있게 움직였다.

"내가 그런 걸 좋아할 줄 어떻게 알았어요? 차라든가, 종이라든가."

"갑판에서 일하다 보면 다양한 사람을 만나거든요. 그럼 시간이 좀 있어 보이는 사람들 옆으로 슬쩍 다가가 사연을 묻고 이야기를 듣는 거예요. 그게 그렇게 재밌어요. 특히 좋아하는 것에 관해 얘기할 때 그 사람의 얼굴빛이 바뀌거든요. 그런 이야기를 듣다 보니 이제는 척하면 척 알게 된 거죠. 더 올라가 볼래요? 내가 만난 별나고 재밌는 사람들 얘기를 들려줄게요. 얘기가 지겹거나 열기구가 너무 높이 올라가서 무서우면 멈추라고 하세요. 저번에 화성 터미널에서 예인선을 탔을 때 말인데요……."

나는 기요메가 얘기하는 내내 경탄의 눈빛으로 그를 바라봤다. 열기구는 기요메의 웃음과 함께 꾸준히 조금씩 올라갔고, 그는 우주 여기저기서 일하며 마주쳤던 사람들과 그간 겪은 흥미진진한 사건을 막힘없이 풀어놓았다. 한참 재밌게 듣다가 돌연 질투가 났다! 이렇게나 사람들과 가까이 부대끼며 살아가면서도 행복해 보일 수 있다니. 정말 겁 없고 성격이 좋구나 하고. 나로 말하자면 평생 관찰자로 살고 싶었다. 사람의 변덕과 돌발성이 두려웠다. 대신 오래된 우주선들과 그 공간이 들려주는 옛사람들의 이야기를 사랑했다.

우리는 어느덧 지구 중세 시대의 양식을 본 딴 인조 성탑의 창문 높이까지 올라왔다. 탑의 원형 계단을 오르던 사람들이 우리를 향해 손을 흔들어 줬다. 나는 얼마나 높이 올라가는지 걱정이 돼서 위를 슬쩍 올려다보았다.
"투명해서 잘 안 보이는데 저 멀리 천장이 있으니까 우주로 날아갈 염려는 없어요. 그래도 이렇게 순조롭게 올라가기만 하면 재미가 없으니까, 조금 진지한 얘기를 해 볼까요?"
그러더니 기요메는 내게 무슨 고민 같은 건 없느냐고 물었다. 나는 곧바로 고민거리를 떠올린 자신을 돌아보며 의식 가까운 곳에는 고민을, 먼 곳에는 즐거운 기억을 쌓아 놨다는 걸 알았다.
"나는 여행 블로거예요. 우주선 탑승기를 긴 시간 써 왔죠. 그런데 어떤 우주선을 탈지, 행성지를 어디로 갈지 스스로 정한 적이 없어요. 엄마의 일기장에 적힌 여행 기록을 졸졸 따라다닌 거예요."

나는 안주머니에서 일기장을 꺼냈다. 작지만 두꺼운 그 일기장의 앞면부터는 엄마의 여행기가, 뒷면부터는 엄마의 족적을 따라온 나의 여행기가 기록되어 있다.

"이걸 영영 잃어버린 줄 알았을 때는 정말 심장이 철렁 가라앉았어요. 또 한 번 엄마를 잃었다고 생각했거든요."

열기구가 내 말에 장단을 맞춰 주듯 서서히 내려갔다.

"그렇게 소중한 물건이라면 줄이나 끈 같은 걸로 몸에서 안 떨어지게 묶으면 어때요?"

"아니요. 실은 정반대를 생각 중이에요. 나는 일기장에 이렇게 심각한 분리 불안이 있고, 그것 때문에 당신과 어린 애들에게 화를 낸 자신에 깜짝 놀랐어요. 이제는 일기장을 떠나서 혼자 설 때가 된 것 같아요. 내 길을 가고 싶어졌어요, 이제."

내가 이토록 진심 어린 이야기를 하는데 잘 가라앉는가 싶던 열기구가 도로 솟아오르기 시작했다.

"내려가야 하는 데 왜 도로 올라가는 거죠?"

"모르겠어요? 그쪽이 방금 마음의 짐 하나를 덜어 냈잖아요."

기요메가 다정하게 손뼉을 쳐 주면서 말을 이었다.

"이번엔 내가 진지한 얘기를 좀 해 볼게요. 제법 묵직한 게 하나 있거든요. 동전에 얽힌 이야기요."

그는 자신과 얼굴을 쏙 빼닮은 형제와 어부 아버지를 소개했다. 그리고 다른 터전을 찾아 떠나야 했던 태양계 이민살이와 어린 시절 맺은 어느 기묘한 계약에 관한 이야기를 들려주었다. 마치 조금 전 보았던 인형극처럼 전달하길래 처음엔 기요메가 지어낸 이야기인지 정말 본인의 사연인지 갈피를 잡지 못했다. 기요메가 인형극이 끝났을 때와 똑같이 사뭇 진지한 표정을 짓는 걸 보고서야 비로소 알았다.

"열기구가 미동도 않는 게 놀랍네요. 작년만 해도 내가 이 기억을 떠올릴 때면 밑으로 훅 가라앉았거든요. 이제 기억을 덤덤히 받아들이게 됐나 봐요. 봤죠? 열기구는 내 마음의 변화를 알고 싶을 때 아주 도움이 돼요."

기요메의 말이 맞다. 열기구 어딘가 심겨 있을 센서에 감정이 이렇게나 정밀하게 포착당한다는 사실이 영 자존심 상하지만, 얼추 맞아떨어지는 것 같으니 여러분에게 주의 사항을 전한다. 가까운 사람과는 절대 타지 마시라. 이왕이면 나처럼 생판 초면인 사람과 타는 게 안전할 거다. 그렇지 않으면 생각 차이가 고도 편차로 드러나 사이가 틀어질 가능성이 크다. 이 센서에도 오차나 고장이 분명 있을 테니, 여의찮을 때는 '영 안 맞는데?' 하며 우기는 방법도 있긴 하다. 분명한 건 자신에 대해 많은 걸 깨달을 수 있다는 거다.

열기구 아래로 눈부신 봉봉 스튜디오의 주홍빛 융단이 펼쳐졌다. 숲속 버섯들처럼 놀이기구 부스의 동그란 천장들이 따뜻한 빛을 뿜었고, 아름다운 인공 성탑들도 보였다. 그 사이사이로 하늘을 부드럽게 유영하는 페가수스와 나비 모양의 놀이기구 위에 올라탄 사람들의 흩날리는 머리칼은 꼭 훗씨처럼 보였다. 이 꿈 같은 풍경을 오래 간직하고 싶어서 나는 말없이 응시했다. 그러자 내 안에서 행복감이 서서히 차오르기 시작했다. 놀이동산 폐장 시간에 발동이 걸리는 아이, 그게 바로 나다.

"더 올라가 볼래요?"

내가 기요메에게 물었다.

"솔직히 말하면, 나는 벌써 좀 무서워요. 이만큼 높이 올라와 본 적이 없거든요. 일부러 제일 무거운 얘기를 했는데도 내려가지 않아서 지금 아주 당황한 상태……."

"내가 로트해트예요."

"네?"

그동안 오랜 시간 간직해 온 비밀의 무게. 그게 얼마나 무거웠던 건지. 그걸 놓아 버리자 열기구는 다시 한번 힘차게 치솟았다. 열기구는 하염없이 치솟는데, 나는 속이 뻥 뚫린 듯 후련해져 크게 웃었다. 불쌍한 기요메! 그가 그 순간 공포로 몸을 떨었다고 해도 충분히 이해할 수 있다. 기요메가 눈을 질끈 감은 채 '악!' 혹은 '워!' 하고 소리 지르다가 쉬어 버린 목소리로 말했다.

"그런데 그게 누군데요?"

질문과 동시에, 열기구는 갑작스럽게 방향을 틀어 빠른 속도로 하강하기 시작했다. 나는 내 펠트 모자가 날아가지 않도록 꼭 붙들어야 했다. 모자에 늘 꽂아 두는 꽃 몇 송이가 속절없이 날아가 버렸다. 기요메는 본능적으로 바닥에 납작하게 주저앉으며 양팔로 난간을 붙잡았다. 우리는 쉭쉭거리는 바람 소리 탓에 목청을 높여서 말해야 했다.

"잘못했어요! 내가 이름을 몰라 줘서 실망한 거죠?"

"아니? 나 실망한 거 아닌데!"

아니, 실망이 매우 컸다. 기요메가 '로트해트'를 못 들어 봤다는 사실 때문이 아니라, 스스로를 우주 대스타로 여기고 있었다는 것이 부끄러워 쥐구멍에라도 숨고 싶은 심정이었다! 여러분, 누가 그대들을 우주 대스타라 부른다고 해도 늘 겸손하시라. 안 그러면 이런 민망한 꼴을 당하는 수가 있으니.

"그럼 이게 왜 가라앉는지 설명해 봐요!"

"그쪽이 지금 너무 무서워해서 그런 거 아녜요!"

"이렇게 빨리 내려가는데 어떻게 안 무서워요!"

기요메는 무슨 수든 써야겠다 싶었는지 거의 울먹이면서 어디까지 왔는지 보려고 난간 너머를 힐끔 내려다보았다. 조금 전까지만 해도 사람들이 손톱만큼 작게 보였는데, 이제는 무슨 옷을 입었는지 알 만큼 열기구가 내려와 있었다.

"아! 저기 저 조끼 보여요? 바로 내가 유행시킨 거예요."

기요메가 우리를 구할 행복한 생각을 떠올리고는 활짝 웃으며 의기양양하게 말했다. 정말 몇몇 관광객이 호텔 직원들이 입을 것 같은 조끼를 티셔츠 밖으로 걸치고 있었다. 하필 우리를 구원해 준 게 내가 전혀 이해할 수 없는 저 조끼의 유행이라는 걸 받아들이는 건 쉽지 않았다. 게다가 유행에 불을 당긴 게 이 친구였다니……. 다행히 기요메의 기지 덕에 착륙 직전 속도를 늦출 수 있었다. 풀린 다리로 열기구에서 내리던 기요메가 중얼거렸다.

"열기구가 이렇게 무서웠던 적은 처음이에요. 롤러코스터 지구 탈출도 이것보다는 덜 무서웠을 기아."

— 비공개 포스팅 —

우리는 간신히 폐장 시간에 맞춰 봉봉 스튜디오에서 나와 우주선으로 돌아왔다. 나는 기요메에게 오늘의 가이드와 일기장을 구해 준 것에 다시 한번 고마움을 표했다. 그리고 무슨 생각에서였는지 대뜸 내 이름 얘기를 꺼냈다.

"로트해트는 진짜 이름이 아니에요. 그건 블로그용 닉네임."

"그럼, 진짜 이름은 뭔데요?"

기요메가 보이지 않는 난간을 붙잡으려는 시늉을 하며 물었다. 나도 모자가 날아가지 않도록 잡는 시늉을 하면서 말했다.

"요나."

우리가 여전히 열기구에 타고 있었다면 천장의 유리를 뚫고 날아갔을까? 아니면 가라앉았을까? 나는 객실로 돌아와 가만히 일기장을 바라봤다. 뒷면부터 거꾸로 내 여정을 기록해 오고 있었으니까 이렇게 쭉 적다 보면 엄마의 마지막 여정과 언젠가 만나게 될 터였다. 엄마는 우주 곳곳을 누볐지만, 그중에서도 티프타우헨 함장의 흔적을 열렬히 쫓아다녔다. 내가 한참 어렸을 때 돌아가셔서 당신이 승무원이었는지

기요메처럼 일을 가리지 않고 전 우주를 유랑하던 사람이었는지 알지 못한다. 우주 해적단이었을 수도 있고 어쩌면 티프타우헨 함장의 숨겨둔 딸이었을지도 모른다!

그렇게 페이지를 넘기며 엄마의 뒤를 따라가는 과정이 나의 모습을 찾아가는 여정이라 여겼는데, 이제는 방향을 전환할 때가 온 듯싶다. 그러다 길을 헷갈리는 날에 다시 봉봉 스튜디오를 찾아오리라. 오르락내리락 열기구를 만든 친구여, 우주 어디에 있든 늘 좋은 일만 가득하길. 그리고 장성하여 언젠가 저렴한 개인 보급용 오르락내리락 열기구도 만들어 주길.

이번 여행은 인생 최고의 여정 가운데 하나로 기억될 거라는 예감이 든다. 기관실의 찻집, 나와는 전혀 다른 삶을 살아온 청소부의 유년 시절 이야기, 지금도 귓가에 맴도는 아이들의 웃음소리와 회전목마의 음악, 마리오네트의 나무 마디 부딪치는 소리, 열기구의 떨림 같은 설레는 마음이 남아 있다. 이렇게 자유로움과 행복이 함께할 수 있다니…….

나는 일기장 안에서 내 여행기의 시작과 엄마 여행기의 끝이 닿는 순간을 오랜 시간 고대해 왔다. 서로 다른 필체가 만나는 페이지에서, 바로 그 우주선에서 어쩌면 엄마의 흔적과 마주하게 될지 모른다는 희망에서였다. 나는 이제 묵은 욕심을 잠시 내려놓기로 했다. 대신 남은 여백의 가운데에 짧은 메시지를 남기기로 했다. 내 변화에 엄마가 놀랄 수도 있으니까.

엄마, 지금까지 내 인생 자전거를 밀어 줘서 진짜 고마워요! 이제 놓으셔도 돼요. 아니 어쩌면 꼭 놓으셔야 해요. 나도 무섭고 엄마도 무섭겠지만, 우린 씩씩하니까 잘 해낼 수 있을 거예요. 내가 먼저 셋까지 셀게요.

그리고 나는 결국 셋을 세지 못하고 밤을 지새웠다……

달 터미널에 도착해서 하선을 준비하던 날. 격동의 열기구 모험에서 생존한 미나리아재비 몇 송이를 물에 담가 놨더니 다시 싱싱해졌다. '내릴 때도 탈 때처럼'이라는 신조를 따라 꽃을 모자에 꽂고 문을 열었다. 그 순간, 나의 객실 문을 두드리려던 청소부 친구와 맞닥뜨렸다. 멈춰 있는 모습이 영락없는 고양이 자세였다.

"본명을 알려 줬잖아요. 잘은 몰라도 굉장히 아끼고 아끼던 이름을 선물 받은 기분이 들더라고요. 그래서……"

기요메는 기념품으로 본인 이름이 왼쪽 가슴쪽에 자수로 새겨진 초록색 조끼를 내밀었다. 자기가 유행시켰다던 그 조끼를 말이다. 내가 이름을 솔직하게 말해 줬으니 자기도 이름이 담긴 뭔가를 선물하고 싶었단다. 신사가 따로 없다.

"포보스팀 공격수 아비가 이 조끼를 입고 경기를 뛰었죠. 등번호 아래 그의 사인도 있어요. 그리고 어제 우리가 탔던 열기구 번호랑 똑같아요!"

조끼 뒤에는 포장 테이프로 급조한 숫자 '9'가 커다랗게 붙어 있었다. 그는 자세히 설명할 수 없는 사정으로 자기가 조끼 유니폼 아이디어를 냈으며, 불과 얼마 전 선수의 사인이 적힌 조끼를 소포로 돌려받았다고 했다.

"난방이 약한 우주선에 탈 때 조끼는 필수죠. 또 여비가 부족하면 이걸 팔아도 도움이 될 거예요. 아비 선수의 인기가 지금 굉장하니까."

이 마음씨 좋은 청년에게는 정말 미안한 말이지만, 나는 축구에 치읓도 모르는 문외한이라 당연히 아비가 누구인지도 모른다. 그리고 블로그를 시작하고 여행 경비가 부족한 적이 없었다. 든든한 독자 여러분의 후원과 부업으로 하고 있는 칼럼 기고의 수익으로 아직까지 생활비와 여행 경비를 충당하며 잘 살고 있기 때문이다. 하지만 나는 아무 말도 않고 조끼를 고맙게 받았다. 외투랑 색이 비슷해서 같이 입으면 그런대로 어울릴 것 같았다.

이후 나의 아담한 단칸방과 다락이 있는 달 F 구역으로 돌아오자마자 조끼부터 꺼내어 입어 봤다. 기요메보다 나의 체구가 워낙 작다 보니 품이 한참 남았다. 주머니도 저 아래 있어 평소에 입을 일은 없을 것 같다. 어떻게든 주머니에 손을 넣어 보겠다고 애쓰는데 손바닥 크기의 아담한 태블릿이 잡혔다. 잠금 번호도 안 걸어 놨는지 내 손가락이 닿자마자 화면이 떠올랐다. 잠금이 없는 게 과연 그 친구답다는 생각이 들었다. 그리고 눈에 들어온 서두.

마르코, 나의 형······.

그린로즈호의 돈키호테 씨는 내게 비밀의 방 열쇠를 남겨 주었고,

봉봉 스튜디오행 우주 여객선의 어떤 갑판 청소부는 형에게 부치는 서간집을 줬다. 우주에는 덤벙거리는 사람투성이인 걸까? 아니면 나를 과하게 애정하여 가는 곳마다 기념품을 주는 걸까? 미스터리다.

천재 우주선 그라피티스트의
마지막 알바

기요메

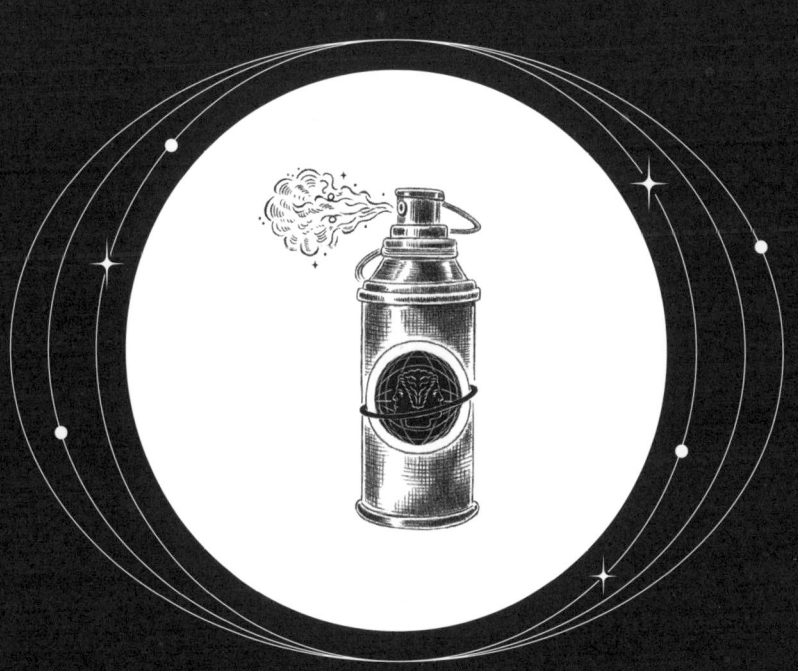

마르코, 나의 형, 우주에 남은 유일한 혈육에게.

미안, 이번에 연락이 좀 늦었지! 여기는 지구 발트해 연안이야. 태블릿을 잃어버리는 바람에 새로 구하기까지 시간이 좀 걸렸어. 나는 어제까지 봉봉 스튜디오행 우주 여객선에서 근무했어. 내가 아끼는 이 우주선은 종점인 지구의 말뫼항구에 정박해서 아이들을 포함한 모든 승객을 내려 주었어. 마치 큼직한 조개가 알록달록한 진주를 세상에 쏟아 내는 것 같았지. 그리고 그 작고 미세한 진주알들은 커다란 옥석 같은 지구 위를 굴러다니는 거야. 이제 우주선에 남은 건 직원들뿐이고.

이 차가운 공기와 새파란 바다. 갈매기들의 울음소리와 어부의 그물이 물에 닿는 소리. 어시장과 항구 사람들의 동그란 얼굴과 바닷바람에 붉어진 볼. 모든 게 바닷가에 살던 우리 어린 시절을 생각나게 해. 아직도 그때를 생각하면 아름답게 추억해야 할지 울적해야 할지를 모르겠어.

나는 이 뒤숭숭한 마음을 달랠 길이 없어 마침 멀지 않은 섬에서 근무 중인 브루노를 호출했어. 그는 단번에 달려와 주었지. 우리는 아담한 식당에서 만나 그간 지낸 이야기를 나누면서 스트레스를 풀었어. 내 영웅!

'자기 길을 가고 싶다.'

얼마 전 우주선에서 마주친 어떤 여행 블로거가 이런 말을 했어. 지금껏 나는 세상 모두가 숨을 쉬는 동안 알아서 제 갈 길을 가고 있는 거라고 생각했거든. 솔직히 지금도 그렇게 생각하고. 그런데 형과 나를 연결해 준 계약이 끝나 가는 게 조마조마한 걸 보면, 어쩌면 나 역시 우리 계약을 연결 고리로 여기고 살아왔던 것 같아. 그렇다고 계약이 끝난다고 해서 크게 변하지는 않을 거야. 나는 지금처럼 여기저기 여행하고 진주 같은 사람들 이야기를 담아서 형에게 보내겠지. 램프의 요정처럼 무지막지한 힘이 있지만 황금 램프에 묶여 사는 나의 형. 부함장을 은퇴하거든 같이 우주를 누벼 보자.

너무 들뜨지는 마. 형은 3순위야. 누가 형 앞에 있는지 궁금하겠지? 1순위는 물론 브루노야. 달처럼 성실하고 갓 구운 빵처럼 포근한 내 동료. 그리고 2순위는 바로 얼마 전 알게 된 '울리히'

라는 꼬마야. 형처럼 램프의 요정 신세지. 봉봉 스튜디오행 우주 여객선 함장의 아들인데 여객선이 곧 녀석의 집이야. 함장인 어머니와 함께 1년 내내 그 안에 머물며 경유지인 위성과 행성에서 잠깐씩 바람을 쐬며 살고 있지. 내가 포어슈텔룽호가 정비를 위해 장기 정박하는 날만을 기다리듯, 꼬마도 여객선의 정비 일정만 기다리고 있대. 그때가 바로 긴 방학을 보낼 수 있는 유일한 기간이니까.

하루는 정박한 봉봉 스튜디오 우주 여객선의 외벽을 청소하고 있었어. 이 일을 하면서 알게 된 건, 우주선의 정박을 고대하는 건 선내 직원들만이 아니라는 거야. 항구와 우주 터미널에 도사리고 있는 위대한 아티스트, 바로 그라피티스트*들도 우주선이라는 거대한 무료 도화지가 자신의 손에 닿을 만큼 가깝게 다가오기만을 손꼽아 기다리고 있었지. 먹잇감을 노리는 맹수처럼! 우주선 외벽 청소부들과 그라피티스트들은 사이가 좋을 수 없어. 우리가 열심히 닦아 놓은 외벽을 그들이 멋대로 칠해 버리니까.

나는 그라피티스트를 정말 존경해. 감히 외치지 못할 소신 있는 발언이나 신념, 깊이 공감이 가는 메시지가 담긴 그림을 그린 경우에는 그 우주선을 내가 직접 몰고서 태양계를 한 바퀴 돌고

---

* graffitist: 낙서 예술가.

싶을 정도야. 다만 그것들이 중요한 탈출구나 비상 탈출 안내문, 바지(Barge)선 등을 가려 버리면 승객의 안전과 우주선 운행에 얼마나 치명적일지 그들이 생각하지 못하는 게 안타까울 뿐이야. 카메라도 동공 신문 스캐너도 소용이 없어. 노련한 그라피티스트들은 교란 안경을 착용하고 후드를 입고 나타나 순식간에 그림인지 사인인지를 완성하고 사라져 버리거든. 그들이 곡예사처럼 우주선에 붙어 몸을 지탱하는 끈과 그 위치를 능수능란하게 이용하는 모습을 보면, 당장 외벽 청소원으로 고용하고 싶어질 정도야.

우주 여객선은 고작 하룻밤 정박했는데 온갖 스프레이 낙서들로(죄송합니다, 아티스트들이여) 뒤덮였어. 후미의 바지선 구간을 닦는데 그림 밑에 또 그림이 있는 거야! 바짝 빗어 넘긴 머리에 안경을 끼고 커다란 태블릿 책을 읽고 있는 아이 그림이 동그란 프레임 안에 그려져 있었지. 아무리 닦아 내도 지워지지 않았어. 그런데 갑자기 그 얼굴이 움직이는 거야! 나는 소스라치게 놀라서 아래로 떨어질 뻔했지.

알고 보니 내가 벽이 닳도록 문지르던 건 그라피티 밑에 가려져 있던 원형 창문이었어. 바로 꼬마 울리히의 방이었지. 책을 든 꼬마가 바로 울리히였어. 나중에 들은 얘기로, 그 아이는 그라피티에 막혔던 창문에 마침내 햇빛이 들자 감격스러운 표정을 짓고 있었대. 첫 만남에 내 소개를 해야겠다 싶어, 나는 손바닥에 글을 써서 보였어.

― 난 기요메, 청소 중. 넌?

녀석은 태블릿 화면으로 응답했어.

― 울리히, 독서 중. 엄마가 이 우주선 함장.

― 바깥 공기가 좋아. 날 밝을 때 바람 좀 쐐.

입가에 보일 듯 말 듯한 미소를 띠며 꼬마가 보여 준 회답.

― 그럴게, 감사.

― '어부들의 집'이라는 맛집 강력 추천. 어린이도 입장 가능.

― 응, 나도 아는 곳.

그렇지! 이 꼬마가 나보다 이곳을 잘 알고 있는 게 당연하지. 집 같은 우주선의 종착점이니까. 나는 양손 가득 메모를 써 버린 바람에 더는 새로운 메시지를 전하지 못하고 손을 흔들며 인사를 했어. 그리고 그날 저녁 일을 마무리하고 브루노와 만나 어부들의 집으로 들어갔는데, 이 귀여운 꼬맹이가 나를 기다리고 있는 거야! 바 자리에 주인장이랑 나란히 앉아서 우리가 들어오는 걸 보고 있었지. 누군가가 나를 기다리고 있다는 거, 그게 감격스러워서 조금 울컥했어.

울리히는 주스 한 잔과 이름 모를 해초를 태양에 바짝 말려 설탕을 뿌린 과자를 먹었어. (이미 식사는 했다고.) 나랑 브루노는 각각 도미랑 연어구이를 한 접시씩 먹었지. 하루하루가 똑같을 형에게 내가 그러하듯, 나와 브루노는 울리히에게 우주 떠돌이 아르바이트생으로 지내며 겪은 일화를 들려주었어. 그 아이가 눈빛을 반짝이며 어찌나 좋아하던지! 녀석은 우리의 경험을 모두 이해하는 것만 같았어. 아홉 살짜리 꼬마랑 이렇게 통할 줄이야. 그 녀석이 애늙은이일까, 우리가 철부지인 걸까?

재밌는 사실. 녀석은 봉봉 스튜디오행 우주 여객선의 경유지마다 선생님을 두고 있어. 지구에서는 문학과 자연, 달에서는 천체와 수학, 화성에서는 예체능, 이런 식이야. 그리고 1년 치의 숙제를 받아서 다음 해에 같은 경유지에서 다시 스승들을 만나는 거지. 학습 속도가 엄청 느릴 것 같지만, 그 1년이라는 시간 동안 하나의 주제를 깊게 팔 수 있대. 거기에 자기만의 생각도 녹여 낼 수 있고, 이따금 여객선 승객들과 그 주제를 의논해 가며(그 기관실 찻집에서! 왜 여태 못 마주쳤을까?) 지식을 체득해 온 거야. 이런 학습법도 제법 괜찮은 것 같지 않아?

울리히는 여러 경유지 가운데 지구를 가장 좋아하고 창으로 들이치는 자연광 아래서 독서하는 걸 좋아한대. 그런데 정박할 때마다 그라피티스트들이 그림으로 창문을 가려 몹시 울적했다는 거야. 왜 상갑판에서 읽지 않느냐는 내 질문에 꼬마의 대답.

"태양 알레르기가 있어."

그러고는 의자 밑에 세워져 있던 검은 우산을 가리켰지. 우리는 미안하다고 말하고, 알레르기 반응도 때로는 변하니까 언젠가는 태양 아래서 독서할 수 있는 날이 올 거라고 희망을 담아 응원했어. 울리히는 예의 수줍은 미소를 띠더니 창문을 깨끗이 닦아 준 감사의 의미로 뭔가를 주고 싶다고 했어. 그러더니 식당 주인장을 향해 몸을 기울이며 이렇게 말하는 거야.

"여기 두 형에게 해조류 과자 두 그릇 부탁해요."

그 모습은 꼭 기사 자격을 하사하는 어린 왕처럼 위엄과 여유가 넘쳤어. 나와 브루노는 웃음을 참고 자리에서 일어나 경례를 하며 기가 막히게 맛있는 해조류 과자를 두 손으로 공손히 받았지. 후식으로 몇 접시나 먹었어. 울리히가 아니었다면 이 '인생 디저트'를 평생 모르고 살았을 거야. 한 봉지 챙겨 갈게. 그동안 내가 다 먹어 치우지나 않을까 모르겠네.

그 다음 날 아침, 봉봉 스튜디오행 우주 여객선은 다시 봉봉 스튜디오를 향해서 출항할 예정이었어. 나는 브루노가 일하는 고트란트섬의 어느 작은 레스토랑에서 당분간 일손을 도울 예정이야. 울리히 말이, 봉봉 스튜디오행 우주 여객선의 식을 줄 모르는 인기로 경유지가 몇 곳 추가되어 화성 12번 터미널을 경유할 거래. 나는 거기서 유니폼을 입고 세 마리 강아지를 산책시키고 있는 남자와 마주치거든 안부를 전해 달라고 했어. 그렇게 우리는 울리히와 평생 못 만날지도 모르지만, 곧 만날 것처럼 인사를 나누며 헤어졌지. 나는 아마 반드시 포어슈텔룽호가 장기 정박에 들어가는 날에 다시 봉봉 스튜디오행 우주 여객선에 오를 거야. 어쩌면 울리히가 금방 커서 우리는 서로 못 알아볼지도 모르지.

봉봉 스튜디오행 우주 여객선까지 울리히를 바래다주고 나올 때였어. 자그마한 체구에다 스프레이가 빽빽이 꽂힌 가방을 등에

메고 교란 안경과 후드를 뒤집어쓴 그림자가 보이는 거야! 기사 작위를 받은 이상, 아니지, 깨끗이 지켜 줘야 할 창문이 하나 더 생긴 이상 나와 브루노는 봉봉 스튜디오행 우주 여객선에 접근하는 그라피티스트를 그냥 두고 볼 수 없었어.

아무도 모르는 우주 갑판 청소부의 또 다른 업무 하나. 그라피티스트 추격.

우리는 눈으로 신호를 주고받은 후 내달렸어. 그냥 쫓아내고 말 수도 있었지만, 누군가에게는 어째서 우주선 외판에 함부로 그림을 그려서는 안 되는지 그 이유를 설명해 줘야 할 의무를 느꼈거든. 항구의 어시장들은 하나둘 불이 꺼져 가고 가로등이 바다의 수면 위에 잔잔히 반사되는 평화로운 밤. 우리의 쫓고 쫓기는 추격전은 치열하게 이어졌지.

"나는 틀렸어. 먼저 가!"

십여 분을 내달린 끝에 브루노가 배를 부여잡고 주저앉으며 외쳤어. 그도 그럴 게, 나보다 해조류 과자를 세 그릇은 더 먹었거든. 나는 비교적 몸이 가벼운 편이어서 이대로 계속 달릴 수 있을 것 같았고, 짐 가방을 진 그라피티스트도 날렵한 편이기는 했지만 슬슬 지쳐 가는 게 보여서 잡을 수 있을 것 같았지. 그라피티스트는 마지막 힘을 끌어모아 있는 힘껏 컨테이너 미로 속으로 뛰어 들어갔어. 그러다 요망하게도 왼쪽 컨테이너 쪽으로 달릴 것처럼 굴다가 갑자기 반대편 컨테이너로 몸을 틀어 우리가 왔던 길로 쏙 빠져나가 버리는 거야!

'저 그라피티스트, 외벽 청소부에게 필요한 잠재력은 물론이고 운동선수의 능력까지 보이는데!'

나는 예사롭지 않은 그라피티스트의 본업을 속으로 궁금해하며 달리다 몸이 느려지기 시작했지. 이제 그를 완전히 놓쳤다고 생각했어. 그런데 웬걸! 그 작고 날렵한 그라피티스트가 어망을 담는 상자 옆에 주저앉아 숨을 고르던 브루노의 발에 걸려 공중으로 붕 떠오르더니(브루노는 자기가 일부러 거기 앉아서 발을 내밀고 있었던 거래. 녀석이 돌아올 줄 알고. 믿어져?) 선박을 고정할 때 사용하는 밧줄 더미 위로 꼬꾸라졌어. 가방에 꽂혀 있던 스프레이들은 사방으로 쏟아지고 교란 안경도 벗겨져 깨지고 말았지. 짧게 깎은 붉은 머리에 주근깨가 가득한 콧등, 내 또래거나 나보다 두어 살 정도 위로 보이는 얼굴이 드러났어. 우리가 다가가자 그는 두 손을 치켜들고 난데없이 이렇게 외쳤지.

"제, 제, 제가 바로 야누스예요!"

나와 브루노는 고장 난 인형처럼 잠시 멍하니 서 있었어. 나는 얼마 전 '내가 바로 로트해트야'라고 말했던 누군가를 생각하느라. 브루노는 어디서 들어 봤는데 도저히 기억이 안 난다는 듯한 아리송한 표정을 지어 보이면서. 그러다 브루노가 먼저 무릎을 '탁' 치면서 말했어.

"얘가 바로 야누스야!"

나는 짧게 한숨을 내쉬며 대답했어.

"그건 나도 알지, 브루노. 방금 이 친구가 그렇게 말했잖아."

"아니, 그 가니메데행 우주선에다 우주 평화 메시지를 남겨 소문이 쫙 퍼진 그라피티스트 말이야!"

나는 브루노를 우주선의 매점 간식과 노노그램만 좋아하는 소박한 친구로 생각해 왔기 때문에, 가끔 이렇게 전문적인 지식을 드러내 보일 때면 깜짝깜짝 놀라곤 해. 야누스라는 그라피티스트는 우리 둘 중 한 명이 자신을 알아봐 준 걸 천만다행으로 여기면서, 넘어가려는 숨을 가다듬으며 이렇게 말했어.

"제, 제가 사인을 한 장씩 해 드릴게요. 그걸 지구에서 팔면 적어도 일이 년은 일을 안 하셔도 될 거예요."

얘, 지금 무슨 말을 하는 거지?

"우리 일하는 거 좋아하는데?"

"그래, 이 친구야. 이게 유일한 탈출구이자 소확행인데."

브루노가 내 말에 맞장구쳤어. 그러자 야누스의 당황한 눈빛. 잠시 머물렀던 희망은 사라지고 그는 다시 겁을 먹은 얼굴이 되었어. 우리는 약간 연민이 느껴져서 눈으로 신호를 주고받고는 그라피티스트의 양쪽에 걸터앉았어. 물론 도망가지 못하도록 팔짱도 꼈지. 나는 우주선 외벽에 어째서 함부로 그림을 그려서는 안 되는지 설명하기 시작했어. 브루노는 "그렇지"나 "맞아"나 "아무렴!" 하며 대꾸해 주었고, 그라피티스트는 애써 고개를 끄덕이면서도 고문이 따로 없다는 듯한 표정을 감추지 못했어.

할 말을 다 마친 뒤, 우리는 어떻게 해야 할지 몰라서 팔짱을 낀 채로 한동안 앉아 있었어. 그러다 이 대범한 친구의 정체가 궁금해졌어. 나는 어린 나이에 어떻게 우주 최고의 그라피티스트가 되었느냐고 물었어. 그가 신이 나서 활짝 웃자 치아 교정기가 가로등 빛을 받아 반짝거렸지. 그는 아직 학생 신분이라는 이유로 어른들이 자기 생각에 귀를 기울여 주지 않아 목소리 내는 법을 예술에서 찾았다고 얘기했어. 가끔 알바를 받기도 하는데 그렇게 번 돈을 꼭 필요한 곳에 익명으로 기부하고 있다는 얘기도.

여기까지 얘기했을 때, 수평선 위로 슬슬 해가 떠오르는 게 보였어. 막 잠에서 깨어난 갈매기 울음소리, 바다 향과 생선 비린내, 코를 시큰거리게 만드는 찬 공기, 얼굴을 보드랍게 어루만지는 노란 햇살을 누렸지. 가만히 밧줄 더미 위에 앉아 나란히 팔짱을 낀 채로.

그러다 햇살을 보고 번뜩 울리히가 떠올랐어. 나는 그라피티스트가 자신의 새 캔버스로 여기려던 봉봉 스튜디오행 우주 여객선을 가리키며 다시는 저 우주선을 건드리지 말라고 마지막 당부를 남겼어.

"저 우주선은 우연히 고른 거였어요. 다시는 저기다 그릴 생각하지 않을게요."

그는 다른 우주선에도 그림을 그리지 않겠다는 말은 하지 않았지…….

"우주선만큼 자기를 홍보하기 좋은 캔버스도 없어요. 특히 이 봉봉 스튜디오행 우주 여객선처럼 경유지가 많은 우주선은 그라피티스트들에게도 인기가 많거든요. 그리고 이 항구에는 저 말고도 다른 그라피티스트가 많아요. 그들을 전부 막지는 못할걸요?"

"네가 다른 그라피티스드한테 말 좀 해 주면 안 돼?"

내가 이렇게 부탁하자 그가 웃음을 터트렸어.

"우리는 학급 친구가 아니에요. 모두 따로 활동하고, 누가 누군지도 모른다고요. 물론 저의 존재는 모두가 알고 감히 내 그라피티 위에 그릴 생각은 못 하지만요."

그의 말에서 실마리를 얻은 내가 벌떡 일어서며 말했지.

"바로 그거야!"

"그래, 바로 그거야!"

브루노가 뭔지도 모르고 따라한 것 같았지만, 나는 괘념하지 않고 아이디어를 말했어. 우리한테 풀려나 양손이 자유로워진 야누스는 달아나지 않고 잠자코 얘기를 들어 주었지.

"나도 경험상 우주선을 캔버스로 삼는 그라피티스트들을 막는 데는 한계가 있다는 걸 알아. 좋게 보면 그 덕에 외벽 청소부들의 수요가 끊이지 않는 거고."

"그래요! 우리는 적이 아니라 상부상조하는 거라고요."

"하지만 아까 말했다시피, 당신은 선망의 대상이니 우주선의 안전장치 구간들에는 그림을 그리면 안 된다고 모범을 보여 주면 좋겠어. 그리고……."

나는 다시 한번 손가락을 치켜세우고 봉봉 스튜디오행 우주 여객선의 바지선 끝 쪽 창문을 가리키며 말했어.

"그리고 저 문은 누구도 가려서는 안 돼. 야누스가 그 위에 경고 표시를 해 준다면 앞으로 누구도 가리지 못할 거야."

"제가 그 정도로 영향력이 있는지는 모르겠지만……."

그는 얼굴을 붉히면서 말했어.

"해 보죠, 뭐."

나는 잠시 브루노와 머리를 맞대고 노노그램 책자 뒷면에 도안을 그려 본 다음 야누스에게 돌아섰어. 정식으로 알바를 부탁한 거야. 우리의 도안을 본 야누스는 고개를 갸웃거렸어.

"이런 일차원적인 문구는 영 제 스타일이 아닌데……."

하지만 우리의 단호한 눈빛을 보고 좀 전에 했던 말을 반복했지.

"해 보죠, 뭐."

우리는 곧장 흩어진 스프레이 캔을 모았고 부지런한 바닷사람들이 모습을 드러내기 전에 잽싸게 작업에 착수했어. 그라피티스트를 쫓아내던 나는 졸지에 망을 봐 주고 있었지. (실제로 그라피티스트들이 작업에 열중할 수 있도록 망을 보는 보조 아르바이트 자리도 있다더라. 일자리의 세계는 끝이 없어.) 야누스는 울리히가 잠에서 깨지 않도록 전문가답게 최대한 조용하고 빠르게 일을 마쳤어. 우리 셋은 우주선에서 멀찍이 떨어져 양팔을 허리에 올리고 창문 주변에 그려진 작품을 감상했지. 그리고 나는 야누스와 악수를 한 다음 그를 놓아주었어.

분주해지기 시작한 항구의 인파 사이로 야누스는 모습을 감추었어. 나와 브루노는 나란히 서서, 출항 준비를 마치고 서서히 공중으로 떠오르는 봉봉 스튜디오행 우주 여객선을 올려다보았지. 혹시나 울리히와 인사할 수 있을까 싶어 창문을 쳐다봤지만, 자는 중인지 얼굴은 보이지 않았어.

"울리히가 저걸 발견하면 뭐라고 할까?"

우리는 항구 숙소에서 하루 더 묵은 다음 곧장 고틀란드라는 섬을 향해 출발했어. 바다와 항구는 충분히 봤으니 오랜만에 지구로 온 김에 육지 풍경을 보고 싶어서 기차를 타고 고틀란드로 이동하기로 했지. 기차에서 브루노는 전자 신문의 문화란에서

발견한 흥미로운 뉴스를 내게 보여 줬어.

'그라피티스트 야누스, 더 이상 우주선 외벽 알바는 받지 않는다고 선언.'

우리와의 만남이 그의 행보에 꽤나 영향을 준 모양이야. 마지막 알바가 우리의 작업이었다는 게 새삼 의미 있게 다가왔어.
"브루노, 우리 아무래도 야누스의 사인을 받을 걸 그랬나 봐."
나는 브루노의 말에 끼어들었어. 그리고 기차가 달리는 동안 창밖으로 지나가는 나무, 황무지, 오래된 건물들을 멍하니 바라보았지. 발트해 항구에 막 도착했을 때의 어떤 허기진 마음이 다시 나를 잠식하려 하고 있었어. 그때 브루노가 '야누스'는 그리스 로마 신화에 나오는 두 얼굴의 신이라는 얘기를 꺼내더라고. 검색을 해 봤대. 한쪽 얼굴은 거울을 쓰지 않는 이상 반대편 얼굴을 보지 못한다는 거야.
'우리는 다들 두 얼굴, 세 얼굴, 네 얼굴, 어쩌면 다섯 얼굴이 있을 거야. 나와 브루노의 유랑기를 듣던 울리히의 반짝이던 얼굴은 몇 번째 얼굴이었을까? 그 얼굴의 눈빛이 얼마나 강력한 힘으로 내 공허를 잠시나마 날려 보내 주었던지! 누구나 여기저기 떠돌아다닐 수 있는 대우주 시대이지만, 여전히 자의 반 타의 반으로 머무른 채 살아가야 하는 사람들이 있어. 마르코 형만큼이나 내 이야기가 필요한 사람이 생각보다 우주에 많이 있을지 몰

라. 떠돌이 일상이 버거워지는 순간이 오기는 할까? 뭐가 되었든 순간을 잘 기록해야 해. 하지만 기록에 얽매이느라 지금을 누리지 못하는 건 싫어. 아! 역시 형에게 쓰던 수기를 모아 둔 태블릿이 없어진 건 아쉬워. 클라우드에 동기화를 안 해 놓은 것도 정말이지 실수였어! 대체 어디서 잃어버린 걸까? 설마, 그 조끼에 들어 있었을까? 로트해트에게 줬었지. 로트해트. 요나.'

"요나……."

"응?"

어느새 노노그램을 펴고 펜 꼭지를 씹고 있던 브루노가 게임판에서 눈을 떼지 않은 채로 물었어. 마지막 수를 두고 있을 때의 저 표정. 나는 진지한 생각에서 빠져나와 내 친구의 심각한 표정을 흐뭇하게 감상하기로 했지. 마침내 마지막 수를 찾아낸 브루노가 완성된 그림을 내 쪽으로 돌려 주며 말했어.

"이번엔 생각보다 어려웠어."

그래. 게임에서처럼 점 하나하나를 찾아내는 여정은 쉽지 않지. 하지만 그게 연결됐을 때 드러나는 그림은 얼마나 명료한지를 보면! 세상 모든 것이 게임만 같았으면 싶기도 하고, 적어도 이 우주가 나를 어디로 데려가는 건지 볼 수 있는 눈을 갖고 싶어져. 브루노의 그

림은 다섯 장의 동그란 꽃잎에 뾰족한 줄기잎을 가진 미나리아재비였어. 익명으로 우주를 누비던 누군가의 붉은 모자에 꽂혀 있던 그 꽃인 거지. 이게 무슨 뜻일까?

우리는 이제 고틀란드로 데려다줄 여객선을 기다리는 중이야. 거기서 브루노가 식당에서 사귄 웨이터 친구와 숙소까지 함께 갈 거야.

PS. 며칠 후 울리히에게 온 메시지 일부.

봉봉 스튜디오까지 가는 길에 어떤 경유지에서도 내 창문이 그라피티에 가려지는 일이 없었어요. 이럴 수가! 엄마는 우주선을 가능한 깔끔하게 유지하고 싶어 하지만 이번만큼은 그림을 눈감아 주려는 눈치예요. 오히려 야누스라는 사람을 고용해서 우주 여객선 디자인을 맡길까 생각 중인 것 같아요. _울리히

야누스는 과연 우주선 그라피티 알바를 받지 않겠다던 선언을 철회할 것인가!

우주 터미널에서
길을 잃으면

로트해트

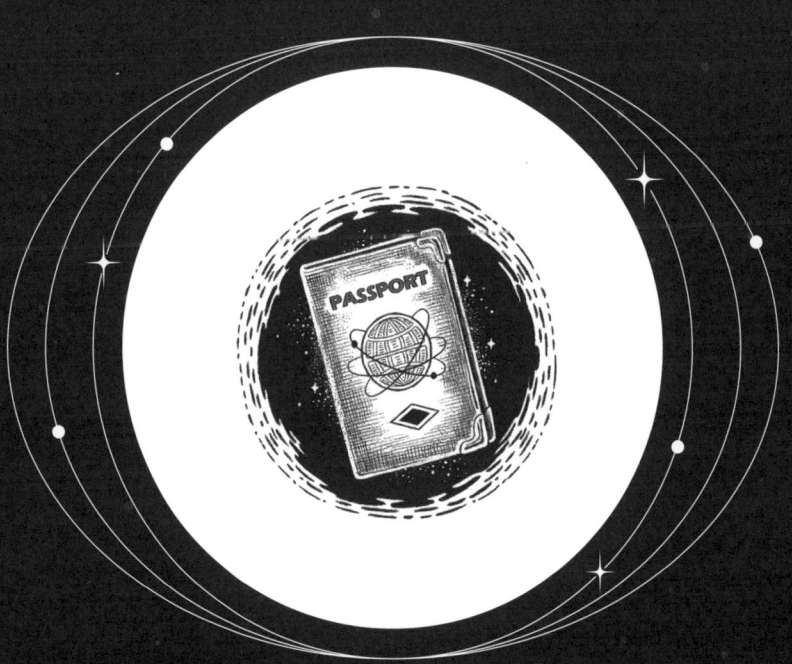

"미쳤나 봐."

나는 이틀 내내 백여 편에 달하는 기요메의 아르바이트 수기를 모두 읽었다. 누가 알았겠는가? 나보다 한참 어린 친구가 이토록 많은 이야기를 품고 있을 줄이야.

그러다 번개를 맞은 듯한 기분에 제자리에서 벌떡 일어났다. 엄마의 일기장 뒤쪽에 따로 끼워 둔 내 메모지들을 뒤져 내가 처음 세운 기준들, 내 블로그를 위임하기 위한 조건을 찾아냈다. 그리고 기요메를 생각하며 항목 하나하나를 점검해 나가기 시작했다. 체크, 체크, 체크……. 그리고 나조차도 아리송하다고 생각했던 마지막 항목까지, 체크.

"요나야, 잘 생각해 봐. 엄마의 일기장이 나에게서 벗어나 누구의 손에 도착했지? 바로 기요메의 손에 떨어졌잖아! 그게 일기장의 선택이 아니라면 뭐겠어?"

곧바로 포어슈텔룽호의 현재 정박지를 찾아보았다. 기요메는 수년간 무슨 계약 때문에 포이슈텔룽호에 묶여 있는 신세고 우주선이 정비에 들어갈 때마다 이런저런 우주선을 전전하며 일하고 있다고 말한 게 생각난 것이다. 나는 그 거대한 우주선이 타이탄 중앙 터미널에 정비 중이며 이내 출항에 도입할 거라는 걸 알아냈다. 그리고 망설임 없이 티켓을 끊었다.

터미널에 도착하자 맞은편 유리 너머로 함선에 새겨진 '포어슈텔룽호'라는 거대한 글자가 보였다. 타이탄의 위용을 자랑하는 이 금빛 함선은 특별한 목적을 위해 출항하지 않을 때면 정박한 곳에서 터미널 인근 주민이나 관광객을 위한 멀티플렉스처럼 운행되곤 했다. 사람들은 함선 안에 있는 우주 최대 규모의 수족관을 보기 위해서 기꺼이 시내에서부터 멀리 떨어진 터미널까지 찾아오고는 하는 것이었다. 함선에 웬 수족관이냐 싶지만, 그게 첫 함장의 바람이었으며 후대가 그것을 지켜 오고 있었다.

포어슈텔룽호 우주선에 오르자마자 디자인과 기술을 과시하는 어지러운 곡선 구조 때문에 멀미가 밀려왔다. 그 화려함을 굳이 묘사하지는 않겠다. 이런 부류의 과한 아름다움을 전달하는 것은 나의 주특기가 아니다. 내가 이 함선의 승선기를 남긴다면 그건 나무 단추들 사이에 혼자 있는 금단추처럼 수집가의 눈에 거슬리는 그림이 될 터였다. 게다가 나는 벌써 탑승한 것을 후회하고 있었다. 대체 뭘 기대하고 우주선에 오른 거지? 기요메가 이 우주선에 타고 있으리란 보장도 없는데!

기요메의 태블릿을 만지작거리며 이런 생각을 하고 있을 때, 거짓말처럼 그의 얼굴이 눈앞을 스쳐 지나갔다! 오래전 마주쳤을 때와 달라진 점이 있다면, 훨씬 말끔한 하얀 유니폼을 입고 있다는 것뿐이었다.

나는 이런 우연의 기적을 모른 척할 정도로 용기 있지 못했다. 그가 저 멀리 이동 계단으로 두 층 올라가 다른 사람들과 헤어지는 모습이 보였다. 나는 황급히 그쪽으로 가다가 곧 중요한 제안을 할 것인 만큼 단정해야 한다는 생각이 떠올랐다. 나는 곁에 세워진 광고 스크린을 거울 모드로 바꾸어 내 모습을 확인했다. 나를 못 알아볼까 봐 머리도 묶었고 예전과 똑같은 모자노 챙겼다. 긴장한 탓인지 이마엔 땀이 송골송골 맺혀 있었다. 모자를 쓰기 전에 손수건으로 톡톡 두드려 주었다. 갑자기 함장이 된 우주 갑판 청소부는 고맙게도 여전히 같은 자리에 서서 새로 구한 듯한 큼직한 태블릿을 들여다보고 있었다. 그와 가까워질수록 심장이 두방망이질 쳤다.

'나대지 마, 심장. 그냥 기요메의 태블릿을 돌려주고, 들여다봐서 미안하다고 말하면 돼. 혹시 블로그를 해 볼 생각은 없느냐고 물어보면 끝나는 거야! 아니면 마는 거고!'

나는 이제 심장에까지 말을 건네고 있었다. 정신을 차려 보니 벌써 그가 눈앞에 서 있었다.

"저기 혹시……."

용기를 끌어모아 입을 여는 순간 나는 망치에 머리를 얻어맞는 것 같은 기분을 느꼈다. 나는 자신을 모든 변수를 염두에 두는 시뮬레이션의 여왕이라고 생각했지만, 정작 이 상황은 예상하지 못했던 거다.

"뭘 도와드릴까요?"

그는. 나를. 전혀. 알아보지. 못했다. 나는 그에게 얼굴을 볼 수 있는 시간을 충분히 주었다고 생각했다. 그런데도 나를 안내 표지판을 바로 앞에 두고도 길을 못 찾는 부주의한 승객처럼 쳐다보는 것 아닌가.

'혹시 몇 개월 전에 봉봉 스튜디오행 우주 여객선에서 만난 여자를 기억하나요? 왜, 일기장을 찾아 주었던…….'

구구절절 그의 기억을 일깨워 주고 싶지는 않았다. 나의 자존심과 소심함은 그렇게 내가 그로부터 돌아서게끔 공작을 펼쳤다. 그러나 결정적으로 작용한 것은 양심이었다. 내 의식은 그가 자기 일 때문에 무척 바빠 보인다는 시각 정보를 입수하자마자 고장이 나고 말았다. 그리고 나는 당신의 도움이 필요한 승객이 아니라 당신을 도우려는 사람이라는 설정을 되새기며 꼿꼿한 자세로 허리를 펴면서 이렇게 말했다.

"뭘 떨어트리신 것 같네요."

그렇게 나는 그에게 태블릿을 안겨 주고는 돌아서서 달렸다. 백여 척에 이르는 우주선에 탑승했던 모든 모험을 합한 것보다 어쩌면 더욱 과감했던 짧은 모험이 인생의 부끄러운 흑역사로 귀결되는 순간이었다. 그때까지 간신히 나의 정신을 떠받치고 있던 기둥들이 마치 파도에 모래성이 휩쓸리듯 빠른 속도로 무너져 내렸다.

'내가 나의 여정에 누군가를 초대한다면?'

순간 이런 기적은 내 인생이 허락하지 않을 것이며 혹시 화장실에서 볼일을 보던 사람의 머리 위에 유성이 떨어질 확률로 그런 기회가 내게 주어지게 되더라도 결코 감당해 낼 수 없을 거라는 생각이 밀려왔다.

'그래, 내 여정은 혼자면 되는 거야. 동료는 무슨.'

도망치듯 달리던 발걸음이 조금씩 느려졌다. 사람의 뇌라는 것은 굉장히 심술궂어서 기쁜 생각을 떠올릴 때는 너무늘보 빰치도록 느릿느릿 움직이면서 울분을 쥐어짤 기억은 빛의 속도로 쏟아냈다. 그렇게 나의 머리가 눈물을 짜내기 위한 펌프질을 시작하고, '나는 정말 엄마처럼 강할 수 없나? 엄마가 용기도 없는 딸의 모습을 본다면……' 하는 생각까지 이르자 눈물이 왈칵 쏟아졌다. 여러분에게 자세히 들려준 적은 없지만, 나의 엄마는 우주에서 가장 여리면서도 강인한 사람이었다. 그게 말이 되냐고? 세상에는 글자로 설명되지 않는 많은 일이 일어난다. 아무튼 난 주저앉아 울기 시작했다. 파워 계획형인 구석이 여전히 남아 있을 때라 주머니에 티슈를 넉넉히 구비하고 다녔지만 굳이 눈물은 닦고 싶지가 않았다. 흐르게 내버려두고 싶었다.

"내가 조금 전에 열심히 닦은 바닥인데. 그렇게 함부로 눈물을 흘리면 안 될 텐데."

바닥에 반사된 내 얼굴 위쪽으로 어느 청소부의 부연 실루엣이 다가왔다. 기요메는 낯익은 미소를 입가에 걸고 다정함이 섞인 눈빛으로 나를 내려다보고 있었다. 언제 옷을 갈아입으셨나. 마술이라도 부리는 건가. 파란 모자와 파란 작업복, 좀 더 익숙한 모습의 기요메가 오래된 기억 속의 모습과 겹쳐졌다.

"나도 동전에 관한 이야기를 알고 있는데. 한번 들어 볼래요?"

그래. 바로 이런 목소리로 자기 이야기를 들려줬었지. 그때 오르락내리락 열기구에서.

동전과 쌍둥이 형제

바다가 육지의 반 이상을 차지했던 어느 작은 행성에 어부가 살았습니다. 그에게는 두 아들이 있었죠. 형은 일찍부터 아버지와 자주 바다에 나가 어선을 탄 덕분에 아버지로부터 많은 것을 배웠습니다. 바닷바람 냄새라든가 물고기가 모여드는 곳의 물결 모양을 알아채는 것은 몇 년이 지나자 아버지보다도 뛰어나게 되었지요. 동생은 아버지와 형이 돌아왔을 때 찢어진 그물을 손질하거나 배를 정리하는 잡일을 맡았습니다.

어느 날 어부의 가족은 어선보다 더 큰 우주선을 타게 되었습니다. 그들이 살던 작고 푸른 행성의 바다가 병들어서 다른 별의 바다를 찾아가야 했던 거죠. 그러나 그들은 가난했기 때문에 여러 우주선 중에서도 가장 낡은 우주선에 올라야 했습니다.

예상보다 항해가 길어지고 챙겨 온 식량이 모두 떨어지자 동생은 아버지한테 다른 사람들에게서 먹을 걸 얻어 오는 게 어떻겠느냐고 말했습니다.

"얻어먹으려면 대가를 지불해야 하는데 우리에겐 맞바꿀 것이 하나도 없단다."

"아버지 배낭에 든 금품과 음식을 교환하면 어떨까요? 그럼 새로운 행성에 도착할 때까지 배불리 먹을 수 있을 거예요."

동생은 아주 지혜로운 생각을 해 낸 것처럼 말했습니다.

"이건 형의 것이다. 너의 형이 새 행성에서 함장 훈련을 받기 위해서는 많은 돈이 필요할 거야. 그러니 우리는 지금부터 한 푼이라도 아끼지 않으면 안 된다."

그 순간 동생은 깨달았습니다. 지금껏 온몸을 꽉 채우고 있던 타는 듯한 기운이, 자기가 동경이라고 생각해 왔던 감정이 사실은 깊은 시기심이었다는 것을 말이지요. 하지만 그는 허리를 펴지 못할 정도로 괴로운 허기부터 먼저 이겨야 했습니다. 거기에 꼿꼿이 버티는 형과 아버지를 보자 둘만이 빵을 뜯고 있을지도 모른다는 생각까지 했죠.

어느 날 누군가 흘린 빵 조각이라도 주워 먹기 위해 바닥만 보며 돌아다니던 동생은 갑판의 벌어진 틈 사이에서 반짝거리는 동전을 발견했습니다. 그의 얇은 손가락은 무리 없이 틈으로 들어가 동전을 빼내었습니다. 그리고 우주선의 상갑판에서 장이 열리는 목요일만 손꼽아 기다렸습니다. 그날이 오면 아버지와 형 모르게 동전으로 많은 음식과 맞바꿀 수 있을 터였습니다.

그러나 장이 열리기 하루 전. 위 칸에 머물던 대부호 '모지스'가 얼굴이 터질 듯 붉어져서는 사람들이 모인 식당 칸으로 내려왔습니다. 그는 소문이 자자한 자린고비로 돈이 많았지만 일부러 값이 싼 이 낡은 우주선에 올랐습니다. 돈 자랑을 하기 위해 남들이 보는 앞에서 금화를 세기도 했습니다. 수많은 형태의 화폐가 우주 역사를 훑고 지나갔지만, 푸른 행성에서만 채굴할 수 있는 이 금화는 무엇보다 귀하게 여겨졌고 어린아이들조차 반짝거리는 물건이 귀하다는 걸 잘 알고 있었습니다. 모지스는 금화를 과시하면서 동시에 누군가 자기 돈을 훔쳐 갈 것을 걱정해서 동전마다 자신의 표식을 남겼습니다. 괴짜 중에도 그런 괴짜가 없었지요. 그러던 중 그가 사람들 가운데 서서 쩌렁쩌렁 울리는 목소리로 이렇게 외쳤습니다.

"어떤 놈인지 내 동전을 훔쳐 간 놈은 가만두지 않겠다. 그 도둑놈이 우주선에 저주를 가져올 거라고!"

동생은 자기가 주운 동전을 모지스의 표식이 없기만을 바라며 천천히 뒤집어 보았습니다. 그러나 거기엔 선명하게 그의 이니셜 'M'자가 표시되어 있었습니다. 동생은 너무 겁이 난 나머지 방에서 한동안 나오지 못했습니다. 밖에서는 모지스가 육중한 다리로 복도를 쿵쿵 돌아다니며 도둑을 향해 온갖 위협적인 말을 퍼붓고 있었습니다. 형제는 어렸을 때 아버지로부터 이런 말을 들은 적이 있었습니다.

'파도와 폭풍을 넘는 배는 있어도 소문을 이기는 배는 없다.'

우주선에서 소문이란 그만큼 무서운 것이었습니다. 그날 밤부터 우주선에 문제가 생기기 시작했습니다. 조명등이 꺼지거나 인공 중력 장치가 고장 나거나, 온도 유지 장치가 망가지는 등의 사고가 잇달아 발생하기 시작했지요. 낡은 우주선의 잔고장으로 아무리 설명해 보아도 모지스가 번번이 저주를 운운하며 승객을 선동하자 선장도 더는 안 되겠다 싶어 사람을 한곳에 모아 동전을 훔친 도둑을 잡아내기로 했습니다.

동생이 방에서 머리를 쥐어뜯고 있을 때 침대에 걸린 바지가 눈에 들어왔습니다. 그것은 형의 바지였습니다. 동생은 저도 모르게 바지 주머니에 모지스의 동전을 넣었습니다. 용기를 내서 '제가 우연히 당신의 동전을 주웠어요!'라고 고백할까 생각해 보지 않은 건 아니었습니다. 하지만 이성을 잃은 모지스의 목소리를 들으니 도저히 그가 자신의 말을 믿어 줄 것 같지 않았습니다. 모지스와 선장은 삼백 명이 넘는 승객들의 가방과 옷을 샅샅이 뒤졌습니다. 그리고 결국 형의 바지 주머니에서 동전을 발견했습니다. 뒷면에 'M'자가 새겨진 그 동전을 말이죠.

모지스의 영혼에는 가난한 어린아이의 호소를 들어 줄 온기 따위는 남아 있지 않았습니다. 그는 당장 형을 우주에 버릴 것을 요구했지요. 두려움에 눈이 먼 다른 어른들도 하나둘 모지스의 편을 들기 시작했습니다. 사색이 된 형은 눈을 돌려 범인을 바라봤습니다. 그 범인은 사람들 틈에 숨어 있던 그의 동생이었죠. 동생은 그로부터 10년 가까이 지난 지금까지도 그것이 구해 달라는 도움의 요청이었는지, 자신에게 왜 이런 짓을 한 것인지를 묻던 원망의 눈길이었는지를 모르고 있습니다.

그때 동생이 예상하지 못했던 일이 또 하나 벌어지고 맙니다. 아버지가 형을 나무라기는커녕 그와 함께 우주선에서 내리겠다고 한 것입니다. 동생은 온 우주가 자기 위로 쏟아져

내리는 듯한 기분을 느꼈습니다. 그때 기관사가 창백하고 때 묻은 얼굴로 뛰어 올라와 엔진에 작은 문제가 생긴 것 같다고 말했습니다. 겁에 질린 승객들은 도둑을 우주선에서 내쫓으라고 외쳤습니다. 결정권을 쥐고 있던 선장은 결국 우주선에 딸린 낡은 고속 단정에 형과 아버지를 싣고, 겨우 이틀 분량의 식량과 물 그리고 공기통과 담요 두 장을 던져 넣고는 우주라는 망망대해로 그들을 내던져 버립니다……

너무나 당연하게도 하루가 지나고 이틀이 지나도 우주선의 잔고장은 멈추지 않았죠. 애초에 누군가의 죄 때문에 그런 일이 벌어진 것은 아니었지만, 동생은 정말로 신이 노하셔서 우주선의 사고를 멈추지 않는 걸지도 모른다고 생각했습니다. 동생은 형과 아버지를 잃고 난 뒤 환기구 속에 들어가 숨었습니다. 그는 죽고 싶은 심정이었습니다. 그런데 그렇게 하루를 보내고 나니 어느 순간 죽음이 무섭지가 않았습니다. 한편 환기구 밖에서는 고장이 가라앉지 않는 문제 때문에 사람들이 모지스에게 분노를 쏟고 있었습니다.

"당신이 결백한 자들을 우주로 몰아붙여 소동이 멈추지 않는 것이오. 애초에 욕심으로만 똘똘 뭉친 당신이 이 우주선에 타는 바람에 폭풍을 만났는지도 모를 일이지!"

그는 거친 말을 내뱉는 사람들에 싸여 있으면서도 태연하게 콧방귀만 뀌었습니다. 환기구에서 막 나온 동생은 모지스를 둘러싼 어른들을 밀어내고 그에게 다가갔습니다. 그리고 용기를 내어 말했습니다.

"동전을 훔친 건 저예요. 그게 아저씨 것인 줄 몰랐어요. 아저씨 것이 아니었더라도 옳은 행동은 아니었어요. 저는 배가 너무 고파서 갑판 바닥만 보고 다니다가 동전을 발견했어요. 그걸로 장이 설 때 먹을 것을 사려고……."

토하듯 고백을 쏟던 동생은 숨이 차서 잠시 쉬어야 했습니다. 어른들은 모두 동그란 눈이 되어 아이를 내려다볼 뿐이었습니다.

"그러니까……. 아저씨가 무섭게 화를 내시니까 너무 겁이 나서 그 동전을 형의 바지 주머니에 넣어 버린 거예요."

모지스의 얼굴에 잠시 분노가 이글거리는가 싶더니 이내 잔인한 미소가 떠올랐습니다.

"자, 모두 자백을 들으셨겠죠! 이 좀도둑놈을 당장 우주에 내다 버립시다!"

모지스가 살기 어린 눈빛으로 소리쳤습니다. 그때 갑판 청소부였던 '부이옹'이라는 노인이 절뚝거리며 나타나 소란을 잠재우더니 입을 열었습니다.

"지금의 사고는 무고한 사람들을 우주에 던졌기 때문에 멈추지 않는 것일지도 모르오! 우린 그들을 먼저 구하고서 그 아버지에게 저 아이의 운명을 결정하도록 해야 할 겁니다."

아, 동생은 자신과 혈육의 인생을 바꾼 은인의 담담한 얼굴과 깊은 눈, 주름진 손, 그가 마대에 의지해 자리에서 일어나던 장면을 평생 잊지 않고 가슴에 간직하기로 했습니다.

"뭐라고? 이건 말도 안 돼. 그들을 구하러 다시 돌아가자는 말은 아니겠지?"

모지스가 붉으락푸르락하며 외쳤습니다. 그러자 청소부 노인이 다시 이렇게 말했습니다.

"우리가 다 돌아갈 필요가 뭐 있소? 모지스 당신이 가서 그들을 구해 오시오. 우리를 선동한 죗값을 치러야 할 겁니다. 당신의 그 위대한 쾌속정이 우주선 창고에 있다는 걸 알고 있소. 그걸 타고 갔다가 돌아온다면 우릴 금방 따라잡을 수 있을 것이오."

뒤늦게 진실에 눈을 뜬 군중들의 기세에 밀린 모지스는 마지못해 자신의 쾌속정을 타고 어부와 그의 큰아들을 찾으러 떠났습니다.

우주선에 남은 동생은 가슴 한편에 희미한 희망을 품은 채 쉬지 않고 기도했습니다. 아버지와 형이 무사히 돌아온다면, 이제 아무런 질투도 하지 않고 그들이 하라는 대로 살겠노라고.

사흘 뒤, 모지스 일행은 아버지와 형을 찾아왔습니다. 그러자 놀랍게도 우주선을 집어삼킬 듯 몰아치던 사고와 고장들이 멈추었습니다. 사람들은 동생을 우주에 던질 필요가 없어졌습니다. 보수 작업도 금방 마무리되어 우주선은 무사히 새 행성에 닿을 수 있었습니다.

우주선에서 내려서 새 터전으로 향하는 길이었습니다. 동생은 어떤 벌이든 달게 받을 각오를 했습니다. 그래서 모지스의 동전을 주운 게 자신이었다고 형과 아버지에게 고백했습니다.

"그래, 그 일을 모지스에게 전부 들었다."

아버지는 어떤 감정도 유추할 수 없는 목소리로 말했습니다.

"너는 앞으로 10년간 형을 위해서 일하거라."

그러더니 이어서 벌을 내렸습니다. 동생은 기꺼운 마음으로 아버지의 말에 순종하겠노라 약속했습니다. 그 이후 수년간 형이 수련하는 포어슈텔룽호의 갑판을 닦으며 살았습니다. 거대한 우주선의 구석구석을 청소하며 그날 자신이 왜 형의 바지에 동전을 넣었는지 고민했습니다. 그저 단순한 두려움이었을까. 형에 대한 질투가 쌓여 그 짧은 순간 그에게 누명을 씌우려 했던 걸까. 그렇다면 두려움과 질투의 뿌리는 무엇일까. 애초에 인간은 왜 우주의 블랙홀 같은 이런 감정을 갖고 태어나는 걸까? 여러 질문이 동생 안에서 끝없이 이어졌습니다. 그래서 그는 우주선 갑판에서 만난 승객들과 어쩌다 깊은 이야기를 나누게 될 때면 이런 질문까지 던지곤 했습니다.

"제 인생에는 블랙홀 같은 큰 구멍이 있답니다. 이걸 어떻게 메울 수 있을까요?"

그러던 중 동생은 어느 나이 지긋한 식물학자에게 이러한 이야기를 듣게 됩니다. 지금은 사라진 옛 지구에 어느 긴 대롱을 가진 희귀한 꽃이 있었다고 합니다. 어느 과학자가 '왜 하필 이 꽃은 이렇게 생겼을까?' 하며 처음으로 궁금해했습니다. 그 전까지는 누구도 그것을 궁금해하지 않았던 거지요. 그는 꽃이 그렇게 생긴 건 대롱 길이만큼의 기다란 주둥이를 가진 곤충이나 새가 어딘가 존재하기 때문이라고 주장했답니다. 그리고 가설은 수년 뒤 사실로 밝혀지게 되었다는 겁니다.

"그러니까, 젊은 친구. 자네 인생의 블랙홀도 만들어진 이유가 우주 어딘가에 있을 거라 나는 믿네."

그리고 동생은 여러 인연의 이야기와 함께 식물학자의 말 역시 가슴 깊이 담아 두었습니다.

'사연이 많은 친구네. 역시 블로그 후임자로 밀어붙이기는 어렵겠어. 자기 역사와 싸우느라 인생을 촉박하게 사는 사람들이 얼마나 많은지. 그에게는 아직도 유년 시절을 곱씹을 시간이 필요할 거야. 그러니 블로그 연재라는 과제를 함부로 떠안길 수는 없지.'

나는 이렇게 결론을 내렸던 것 같다. 우주가 내게 보내 준 신호를 간파하기 전까지 말이다.

새 포스팅을
예약하시겠습니까?

기요메

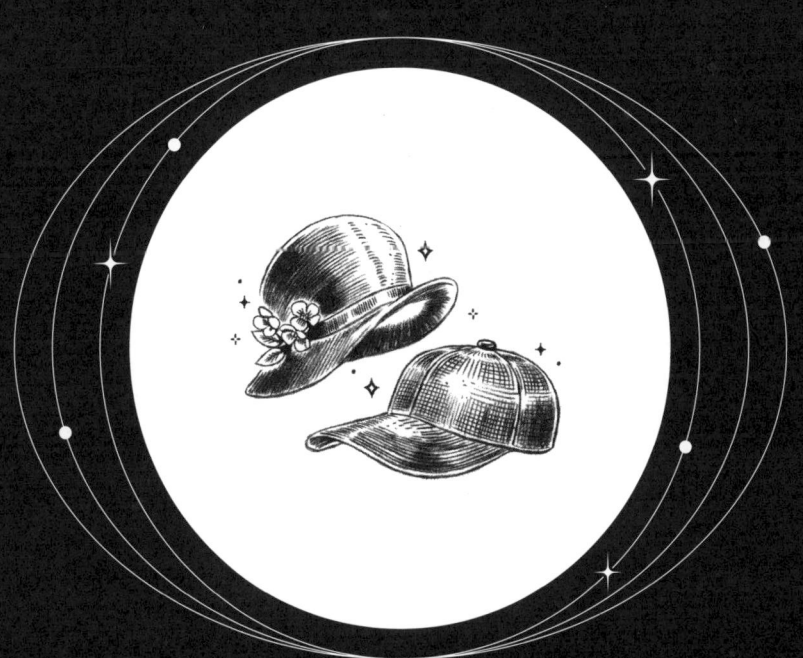

마르코, 나의 형……. 아, 아니지!

형에게 아르바이트 보고를 해 온 세월이 너무 길어 습관적으로 서두를 이렇게 시작했다. 평생 끝나지 않을 것 같던 10년의 계약이 드디어 마무리됐다. 나는 달력에 이날을 표시해 왔고, 해가 밝으면 뛸 듯이 기쁠 줄로만 알았다. 하지만 정작 그날이 왔는데 아무런 느낌이 없고, 오히려 막막한 심정이다. 삶의 관성이라는 게 꼭 열기구와 같아서 내가 적응한, 편히 숨을 쉴 수 있는 고도에 나를 고정해 줄 모래주머니들이 필요한 법인데, 그걸 잃어버린 기분이 든다.

아무튼 계약을 충실히 이행한 나를 위해서 어떤 축하나 변화를 선물해 주어야 했기에, 이번만큼은 수신자 없이 수기를 써 보려 한다. 오랜 시간 형을 수신자로 적다가 수신자가 없는 글을 쓰자니 영 어색하다.

형은 세상의 모든 것을 가진 사람 같지만 외로워 보였다. 내색은 안 해도 나의 흥미진진한 모험들을 언제나 궁금해할 것이다. 내가 또 워낙 재밌게 쓰니까. 1년간 내게서 메시지 한 줄 못 받는다 해도 그 사실을 덤덤하게 받아들일 마르코 형이지만, 역시 누가 되었든지 간에 수신자가 있는 편이 좋을 것 같다.

지구에서 다시 타이탄 우주 터미널로 돌아온 이후, 내 삶은 단조로웠다. 10년 동안 나를 위해서 존재한 포어슈텔룽호의 직원 침실의 문을 열었다. 퀴퀴한 공기를 환기하고, 건강을 위해 아침에 일찍 일어나 복도와 상갑판을 달렸었다. 직원 식당에서 지겨우면서도 그리웠던 조식을 먹으며 오랜만에 만난 직원들과 안부도 나눴다. 탕비실에서 락스와 마대를 챙겨 상갑판으로 올라갔다. 이미 윤이 나는 바닥을 괜히 닦고 또 닦았다. 그러다 이따금 초점 없이 관광객과 승객들을 바라보며 지난 여정을 머릿속에 그렸다. 몇 년간 나는 또 얼마나 다양한 일들을 했나! 얼마나 다양한 사람을 만났나! 우주의 별들만큼이나 각양각색이던 사람들! 이런 식으로 기억의 서랍들을 들춰 보며 단조로운 업무의 무료함을 달래는 거다.

퇴근 시간쯤 브루노가 터미널에 나가 보자고 했다. 우리는 이제 포어슈텔룽호의 모든 곳을 꿰고 있기 때문에 조금 더 다채로운 풍경이 펼쳐지는 터미널로 종종 저녁 산책을 나갔다. 유니폼을 벗고 당장에 다른 곳으로 떠날 듯한 여행객 흉내를 내면서. 서점들, 기념품 가게나 사치품을 파는 가게, 식당과 카페를 전전하면서. 그러다 우리는 작은 디저트 가게가 새로 오픈했다는 소식을 듣고 그곳으로 들어갔다.

내가 음료 주문을 마치고 자리에 앉아 있을 때였다. 브루노가 숫자 1과 0 모양의 초가 꽂힌 케이크를 들고 다가오는 게 아닌가! 그는 내가 막 형과 아버지와 맺은 계약을 종료한 걸 알고 있었다.

"다른 승객들이 우리를 10주년 된 커플이라고 오해하지는 말아 줬으면 좋겠는데."

"틀린 말도 아니지!"

"그러네. 아무렴 어때! 자, 어서 먹자. 정말 고마워, 브루노!"

케이크만큼이나 고마웠던 점 하나. 브루노는 내 미래나 계획에 대해 묻지 않았다. 미래를 미리 생각하는 게 무의미하다고 여긴 것인지, 어떤 건지는 몰라도 우리는 먼 미래에 대한 이야기를 그렇게 자주 나누지 않았다.

우리는 잠자코 케이크를 먹었다. 지질학자가 지층을 연구하듯 신중하고 섬세하게. 그 알록달록한 케이크를 다양한 각도로 절단해 가며 맛을 음미했다. 그러다가 테이블 위의 꽃병에 꽂힌 반짝거리는 노란 꽃에 눈길이 갔다. 나는 오래전 상갑판에서 만난 식물학자와 친해져 그를 통해 지구에 피는 꽃들의 이름을 좀 익혔다. 그래서 이 꽃이 미나리아재비라는 걸 알아볼 수 있었다.

지구에서 발트해를 떠나 고틀란드로 향하는 기차에서 브루노가 보여 준 그림도 바로 이 꽃이었다. 그래서 꽃을 마주칠 때마다 가끔, 아주 가끔 닉네임이 로트해트라고 했던 여자를 떠올렸다. 봉봉 스튜디오행 우주 여객선에서 만난 씩씩한 여행자. 그때 머릿속에 떠오른 사람이 저 멀리 창밖으로 보이는 게이트로 들어서자 난 기겁할 수밖에 없었다.

'말도 안 돼. 저 게이트가 떠올리는 사람을 불러내는 마법의 문은 아닐 테고!'

머리를 묶긴 했지만 조금 전까지 로트해트의 모습을 곰곰이 떠올렸으므로 그녀가 틀림없다는 걸 확신할 수 있었다. 로트해트는 예의 붉은 펠트 모자를 고쳐 쓰고 포어슈텔룽호로 들어갔다! 나는 브루노와 다음 교대 시간에 만나기로 하고는 먼저 일어나 로트해트를 따라갔다. 내가 포어슈텔룽호 이야기를 하긴 했지만, 무슨 다른 용무라도 있는 걸까? 다음 탑승기를 위해 들른 걸지도?

로트해트는 누군가를 발견한 듯 반가운 얼굴을 하더니 걸음을 재촉했다. 일정한 간격을 유지한 채 따라가던 건 다름 아닌 마르코 형이었다. 그리고 난 상황이 대충 어떻게 되어 가는지 깨달았다. 두 사람 사이에 내가 모르는 인연이 있을 확률은 아무래도 아주 낮았다. 로트해트는 오래전 마주쳤던 갑판 청소부를 만나러 그가 살다시피 한다는 우주선을 찾아왔는데, 그 갑판 청소부 대신에 그와 얼굴이 판박이인 부함장, 마르코 형을 나로 오해한 거다! 나는 이 진기한 상황에 자꾸 웃음이 나는 걸 참느라 혼났다. 그리고 로트해트를 향해 걸으면서 그녀와 함께 봉봉 스튜디오를 누비던 날을 떠올려 봤다.

'그래, 좋은 사람이었어! 일기장을 잃어버렸을 때의 표정은 무시무시했지만 말이야. 아니다. 오르락내리락 열기구를 청룡 열차처럼 만들었을 때가 더 무서웠지. 아, 고틀란드 섬에서 로트해트가 블로그에 올린 우주선 탑승기를 전부 읽었다고 말해 줘야 할까? 그런 이야기를 굳이 처음부터 할 필요는 없겠지. 먼저 인사부터……'

실없이 웃으며 이런 고민을 하는 사이, 로트해트는 벌써 형과 조우하고 있었다! 설마 아는 사이? 역시 아니다. 서로 생판 모르는 사이라는 것을 확인한 후 얼굴이 홍당무처럼 빨개진 로트해트가 돌아 나오는 건 순식간이었다. 그러더니 열의에 찬 경보 선수처럼 쏜살같이 내 곁을 지나가 버렸다.

"기요메!"

멀뚱히 서 있는 내 뒷모습을 발견한 형이 나를 불렀다.

"왜 저분이 네 태블릿을 갖고 있는 거야?"

내가 잃어버렸던 태블릿을 건네주며 형이 말했다. 역시, 로트해트에게 준 조끼에 들어 있었구나……. 고개를 들자 마르코 형은 웬일로 호기심 어린 눈을 빛내며 내 답을 기다리고 있었다. 나는 형에게 로트해트의 이야기를 했다. 아르바이트 수기에서 언급한 여행 블로거라고도 말이다. 놀랍게도 형은 내가 봉봉 스튜디오행 우주 여객선에서 보냈던 아르바이트 수기를 한 글자도 빠짐없이 기억하고 있었다.

"얼른 따라가 봐. 널 보러 온 것 같던데."

처음에 나는 형의 말을 따라 로트해트의 뒤를 좇았다. 그리고 잠시 망설이다가 선내 직원 칸 탈의실로 방향을 바꾸어 달렸다. '나의 이 작은 선택으로 놓친다면 어쩔 수 없는 일이다' 생각하면서. 여차하면 로트해트의 블로그에 태블릿을 돌려줘서 고맙다는 인사를 남길 수도 있었다.

하지만 지금 내게 로트해트는 곧 아리아드네의 실 같은 존재다. 신화 속 테세우스가 미로에서 탈출하게 도와줬다던 그 붉은 실. 그녀를 따라 내리지 않으면 나는 영영 이 포어슈텔룽호에 안주해 살아갈지도 모른다. 사실 그것도 썩 괜찮은 삶이긴 하다! 하지만 나는 내 아르바이트 수기를 받아 줄 새로운 수신자를 찾아 떠나보기로 했다.

나는 사물함을 열어 내 몸통만 한 가방을 꺼내 멨다. 우주 아르바이트 유랑자는 언제든 어디로든 떠날 수 있는 짐이 사물함 안에 늘 준비되어 있다. 거울 밑에 꽂아 둔 직원 식당 쿠폰과 노노그램 신간을 꺼내어 브루노의 사물함 안에 넣었다. 며칠 후면 다가올 그의 생일을 위해 내가 준비한 작은 선물이었다. 그리고 다음과 같은 메모를 써서 틈에 꽂았다.

브루노! 이 식권들은 이제 네 거야. 전부터 탐내 왔지? 다 알고 있었다고. 나는 한동안 자리를 비울 것 같아. 얼마나 걸릴지는 모르겠어. 어디든 도착하면 연락할게. 나만큼 뛰어난 갑판 청소부를 찾기는 어렵겠지만, 나를 대신할 사람으로……. 그 야누스라는 그라피티스트 친구를 고용하면 어때? 민첩하고 잠재력이 많았잖아. _기요메

녹슨 사물함 문이 '끼익' 소리를 내며 닫혔다. 로트해트는 고맙게도 멀리 가지 않았다. 게이트 바로 앞 대기석에 앉아 고개를 떨군 채 울고 있었다. 나 때문은 아니겠지? 아니어야 할 텐데. 나는 위로의 말을 찾지 못한 채 무작정 로트해트에게 다가갔다.

"내가 조금 전에 열심히 닦은 바닥인데. 그렇게 함부로 눈물을 흘리면 안 될 텐데."

아, 기요메……. 청소부 근성을 어쩌면 좋을까! 내 안의 갑판 청소부는 멈출 줄 모르고 로트해트에게 티슈를 내밀었다. 내 손에 마대 자루가 있었다면 나는 아무 생각 없이 바닥에 고인 눈물을 닦아 버렸을지도 몰랐다.

나를 알아본 로트해트의 커다래진 눈. 그녀가 먼저 묻기 전에 나는 조금 전 겪었을 상황의 자초지종을 들려줬다. 그러자 로트해트는 물기 어린 눈으로 웃으면서 자기도 방금 그 사실을 깨달

앉다고 말했다. 형을 나로 착각했다는 사실을. 나는 내 일기장과 다름없는 태블릿을 돌려줘서 고맙다고 말했고, 로트해트는 미안하다고 했다.

"미안할 게 뭐 있어요. 내 부주의로 잃어버렸던 건데."

"켜자마자 마지막 장이 화면에 떠 있길래⋯⋯. 어쩌다 보니까 다 읽어 버렸어요. 그게 미안해요. 허락도 없이 읽어서."

나는 로트해트의 사과를 받아들였다.

"그런데 정말 이걸 주러 여기까지 온 거예요?"

로트해트는 고개를 끄덕이다가 머뭇거리며 말했다.

"실은 제안할 게 하나 있어요."

"뭔데요?"

"블로그 안 해 볼래요?"

태양계 제일 우주선 탑승기 블로거 로트해트가 자기 블로그를 이어서 써 주지 않겠느냐고 물었다. 난생 처음 받아보는 신비롭고 충격적인 제안이 아닐 수 없었다. 그것도 로트해트의 이름이 아니라 내 이름으로. 나의 아르바이트 수기들을! 나는 수신자가 있는 수기가 익숙한데, 블로그라는 것은 허공에 이야기를 뿌리는 것과 무엇이 다르냐고 질문했다. 그러자 로트해트가 또 웃었다. 이제 눈가에 눈물이 모두 사라졌다.

"그럼 수신자에 내 이름을 붙여서 블로그에 써 주면 어때요? 그쪽 형이 허락한다면 형의 이름을 계속 수신자로 써도 되고요. 이것도 저것도 내키지 않으면 얼마든지 거절해도 괜찮아요."

'집요해. 집요한 사람이야.'

나는 좀 더 생각해 보겠다고 말했다. 지난 여정들을 통해서, 이를테면 내 이야기를 들을 때 반짝이던 꼬마 울리히의 눈을 통해서, 내 유랑이 누군가에게는 잠시 거쳐 갈 쉼터가 되고, 가 보지 못한 곳을 들여다보고, 만나지 못한 사람들을 만나는 작은 창구가 된다는 걸 깨달은 참이었다.

로트해트는 기꺼이 고민해 보라고 말하면서 나를 위해 준비해 둔 임시 아이디와 비밀번호를 내밀었다. 말하자면 로트해트의 블로그라는 우주선에 나를 초대하는 열쇠였다. 나는 이 묵직한 열쇠를 방황하는 내 열기구를 붙잡아 줄 모래주머니로 바꿨다.

"만약에 내가 블로그를 쓰면 로트해트처럼 닉네임을 써야 돼요?"

"그것도 자유에 맡길게요."

"창의력이 영 떨어져서……."

나는 모자 위로 머리를 긁적이며 말했다. 그러자 로트해트가 하는 말.

"블루해트 어때요? 항상 쓰고 있는 그 파란 모자를 따서."

이번엔 내가 크게 웃었다. 우리는 합의의 뜻으로 악수를 나누었다. 로트해트는 내게 허락을 구한 다음 온라인에 공지 글을 남겼다. 마침내 후임자를 찾았으며, 그 사람이 7일 내로 블로그에 새 포스팅을 올린다면 자신의 제안을 받아들인 것이라고.

나는 조심스럽게 로트해트가 이번에 탑승할 우주선은 어디 있느냐고 물었다. 그러자 가르쳐 주지 않을 거란다. 그러고는 잠시 후.

"사실 나도 아직 몰라요. 어디가 되었든 엄마 일기장에는 나오지 않은 곳으로 가 보려고요."

"그래요? 나도 아직 행선지 미정인데. 방금 계약으로부터 자유의 몸이 됐는데, 어디로 갈지는 못 정했어요."

행선지를 정확하게 알고 있는 사람들의 분주한 발걸음이 오가는 터미널의 한가운데서, 우리 두 사람은 그렇게 나란히 앉아 머리를 굴렸다.

"이건 어때요?"

나는 눈을 감고 셋까지 센 다음 각자 손가락으로 짚은 곳을 목적지 삼아 떠나면 어떻겠느냐고 제안했다. 제안의 맞교환이랄까. 목적지가 겹치면 함께 가는 거고, 아니면 각자 떠나는 것으로! 내 제안에 놀란 듯하던 로트해트가 의미심장한 미소를 짓더니 천천히 고개를 끄덕였다. 그렇게 우리는 터미널 중앙에 세워진, 우주선들의 출발지와 목적지, 입출항 일정이 표시된 스크린 앞에 나란히 섰다.

"자, 그럼."

하나, 둘, 셋!

7일 후 로트해트의 블로그.

새 포스팅 1

달 F구역 기준 15시 30분

발행 예약됨.

작가의 말

꿀이 든 사탕과 펄펄 끓인 물을 담은 머그잔을 끼고 여러분에게 전할 작가의 말을 쓰고 있다. 장소는 베를린의 네 평 남짓한 셋방. 여기도 올해 초 독감이 유행이었다. 다행히 나는 회복 중이다.

차가운 겨울바람으로부터 나를 지켜 주는 이 방에 들어오기까지 모두 세 개의 열쇠가 필요하다. 건물 현관 열쇠, 집 문 열쇠, 그리고 방문 열쇠. 이곳에선 여전히 종이 승차권을 쓴다. '톡' 소리를 내며 승차권에 구멍을 뚫어 주는 개찰구가 한 세트다.

몇 년 전 이 도시에 처음 왔을 때는 "영 번거로운걸" 하며 적응하기까지 시간이 걸렸다. 하지만 내가 여태 이곳에 머문 이유는 다름 아닌 이런 오래된 물성들의 매력에 빠졌기 때문이다.

사람에게는 저마다 이야기를 빚을 때 즐겨 사용하는 주재료가 있다. 나는 배경을 머나먼 미래로 바꿨을 때 눈부신 빛을 발하는 오래된 사물을 좋아한다. 포근한 노란색이 하얀 배경에 있을 때보다 검은 배경 위에 있을 때 그 온기를 발하듯. 아날로그적인 사물들을 수천 년 뒤의 우주로 보내면 그것들은 우리에게 질문을 건네기 시작한다. 내가 여기 남아 있는 것이 당신에게는 어떤 의미이냐고. 종이, 꽃차, 노노그램, 책, 열쇠, 유리병에 든 야채 절임 등. 먼 미래에도 역시 있어 줬으면 하는 사물들을 이야기 속에 아낌없이 담았다. 자, 여기까지는 이야기의 숨은 조연들이다.

『우주의 별일』의 주연은 전혀 다른 타입의 두 우주 유랑자다. 한 명은 낭만주의적 기질에 철저한 계획하에 여행을 다니는 블로거 로트해트다. 우주선에 관해서는 취향이 확고하며 웬만해서는 자기 궤도를 이탈하지 않는다. 다른 한 명은 우주에서 온갖 아르바이트를 하며 살아가는 떠돌이 기요메다. 그는 일자리를 찾아 세상 무서울 것 없다는 듯 우주를 돌아다닌다. 이 담대함과 즉흥성은 타인을 궁금해하는 그의 천부적인 기질에서 나온다.
두 사람의 유일한 공통점이 있다면 기록자들이라는 것. 로트해트는 블로그에 우주선 탑승기를 남기고 기요메는 형에게 아르바이트 수기를 써서 보낸다. 나는 저녁이면 노트를 펼치고 하루를 기록으로 남기는 사람들을 존경한다. 다정했던 사람들과 아름다웠던 순간을 기억하고자 애쓰니까.
세상엔 별일이 다 있다. 그 말은 아픈 순간들도 있지만 고마운 순간들도 있다는 말이다. 기록자들은 세상을 상대로 공평해지고자 노력한다. 그래서 참 멋지다. 내 이야기 속 인물들이 그런 사람들이었으면 했다.

로트해트와 기요메의 기록이 여러분에게 닿을 수 있도록 해 준 박다예 편집자님과 최성휘 부장님께 깊은 감사의 인사를 전한다. 두 분은 공모전이라는 형식을 빌리지 않고 오롯이 나의 전 작품을 직접 읽어 보신 후에 다가와 준 소중한 분들이다. 또 보이지 않는 곳에서 힘써 주고 계시는 출판사 미래인 식구분들 그리고 표지 일러스트로 캐릭터에 생명을 불어넣어 주신 캐쓰 작가님께도 인사를 전한다. 다정한 중력으로 나를 붙들어 주는 가족들과 소중한 친구들도 감사 목록에서 빠트릴 수 없다.

끝으로 로트해트와 기요메의 여정을 끝까지 함께하고 지금 이 대목을 읽고 있는 여러분에게 진심으로 고맙다. 두 인물과 함께한 여정이 어땠는지 들려줄 당신의 기록을 고대하며!

2025년 2월의 가운데에서
이지아

우주의 별일
1판 1쇄 펴낸날 2025년 3월 25일

지은이 이지아
펴낸이 김민지

편집 박다예, 최성휘
마케팅 백민열, 김하연

펴낸곳 미래M&B
등록 1993년 1월 8일(제10-772호)
주소 04030 서울시 마포구 동교로 134 미진빌딩 2층
전화 02-562-1800(대표)
팩스 02-562-1885(대표)
전자우편 mirae@miraemnb.com
홈페이지 www.miraeinbooks.com
블로그 blog.naver.com/miraeibooks
인스타그램 @mirae_inbooks

ISBN 978-89-8394-991-2 (43810)

*잘못 만들어진 책은 구입처에서 바꾸어 드립니다.
*미래인은 미래M&B가 만든 청소년, 성인을 위한 브랜드입니다.